SÉRAPHINE

La vie rêvée de Séraphine de Senlis

FRANÇOISE CLOAREC

SÉRAPHINE

La vie rêvée de Séraphine de Senlis

PHÉBUS

Illustration de couverture :
Séraphine de Senlis
Grenades sur fond vert, 1930 (détail)
Paris, Musée national d'Art moderne – Centre Pompidou

www.phebus-editions.com

À la mémoire de Germaine Le Guillant

Quelquefois, pendant le tournage, quand je sentais que le personnage m'échappait, qu'il me semblait que je «fabriquais» au lieu de «vivre», je lui parlais tout bas… je lui demandais de rester avec moi…

Moi qui ne suis pas mystique, je me suis bien gardée de le dire aux autres…

Le voyage en Séraphine était comme une quête de soi… de notre rapport au monde, à la nature et au divin…

Yolande MOREAU

Sur les pas de la « sans-rivale »

Séraphine, tu dois te mettre à dessiner !

Tout a commencé par un ordre.

Impératif.

Il vient de la Sainte Vierge, ou d'un ange, la version varie.

L'aventure de la peinture a commencé comme cela.

De son enfance, presque rien.

Nous connaissons son prénom, ce prénom d'anges de la première hiérarchie, les anges les plus proches de la présence divine. Ardents.

Les séraphins[1] sont des êtres hybrides et ailés ayant des caractéristiques humaines, animales ou propres aux oiseaux. Décrits dans les littératures juive, chrétienne et islamique, ils servent à porter ou à garder le trône de la divinité. Les séraphins sont les célestes gardiens du trône de Dieu. Ceux qui brûlent. Ils ont une position très élevée. Ils sont l'intermédiaire entre Dieu et les hommes, tournés des deux côtés. Ils servent Dieu et intercèdent pour les hommes auprès de Lui.

1. Isaïe, chapitre 6 : *L'année de la mort du roi Ozias, je vis le Seigneur assis sur un trône très élevé, et les pans de sa robe remplissaient le temple. Des séraphins se tenaient au-dessus de lui ; ils avaient chacun six ailes ; deux dont ils se couvraient la face, deux dont ils se couvraient les pieds, et deux dont ils se servaient pour voler. Ils criaient l'un à l'autre, et disaient : Saint, saint, saint est l'Éternel des armées ! Toute la terre est pleine de sa gloire ! Les portes furent ébranlées dans leurs fondements par la voix qui retentissait, et la maison se remplit de fumée. Alors je dis : Malheur à moi ! Je suis perdu, car je suis un homme dont les lèvres sont impures, j'habite au milieu d'un peuple dont les lèvres sont impures, et mes yeux ont vu le Roi, l'Éternel des armées. Mais l'un des séraphins vola vers moi, tenant à la main une pierre ardente, qu'il avait prise sur l'autel avec des pincettes. Il en toucha ma bouche, et dit : Ceci a touché tes lèvres ; ton iniquité est enlevée, et ton péché est expié.*

Ces esprits célestes sont toujours occupés à chanter les louanges de Dieu, à purifier ceux qu'une vie passée dans le crime a rendus impurs et dignes de supplices.

Pourquoi les parents de Séraphine ont-ils choisi ce prénom pour leur fille ?

Séraphine a-t-elle entendu quelque chose du désir, conscient ou inconscient, de son père et de sa mère à travers la fonction des séraphins dans le ciel ?

Elle écrit de l'asile le 17 septembre 1936 :

Dieu notre Seigneur a dit que moi Séraphine ma fille, c'est ma plus fidèle servante de l'üniver.

Séraphine est née le 3 septembre 1864, à quatre heures du matin, à Arsy. C'est une petite ville de l'Oise, aux maisons de brique, sur la route qui relie Compiègne à Clermont-de-l'Oise.

Ses parents sont déjà âgés lorsqu'elle naît, ils ont tous les deux plus de quarante ans. Ils se sont mariés dans leur commune natale, Arsy, le 30 décembre 1847. Une première fille naît de leur union en 1849, ils la prénomment Argentine. Puis arrive Alfred, le 22 avril 1850, un an après. L'année suivante, vient au monde une petite Clarentine, le 5 novembre 1851.

La mère de Séraphine, Victorine Adeline Julie

Maillard (ou Mayart), fait des ménages chez les fermiers des alentours et parfois garde leurs bêtes.

En 1853, Clarentine meurt, en 1859, c'est Alfred qui disparaît.

Après la mort de ces deux enfants, Séraphine voit le jour. La famille est à nouveau endeuillée un an après sa naissance, jour pour jour : le 3 septembre 1865, la mère décède.

Elle avait son sang tourné, dira Séraphine de l'asile en 1933 au médecin qui l'interrogeait. Nous ne savons rien de plus sur cette femme de la campagne.

Argentine, sa sœur, remplace la mère auprès de la toute petite fille. Séraphine fera souvent suivre le nom de son père, Louis, de celui de sa mère, Maillard. Et puis, bien sûr, elle ajoutera, *sans rivale*, ce qui est une évidence…

Le père de Séraphine, Antoine Frédéric Louis, *qui n'a pas bu de vin du tout,* dira-t-elle au même médecin, est ouvrier agricole lorsqu'il trouve à se placer dans les propriétés avoisinantes. La légende veut qu'il répare les montres de gousset, qu'il installe les horloges, les comtoises, chez les riches propriétaires terriens. Cette activité lui permet de découvrir la région, d'entrer dans les demeures où l'horloge est un symbole de la vie de famille. Il répare, cale, remonte le mécanisme compliqué, palpe du bout des doigts les dessins en creux du boîtier. Il sait qu'un mouvement d'horloge bien entretenu peut durer des siècles. Mais peut-être a-t-il seulement été manouvrier ou bûcheron[1].

Il décide de se remarier avec une veuve de sa famille, Prudence Louis, en 1868. Le remariage ne va pas durer longtemps, Antoine Frédéric Louis meurt le 14 août 1871, juste après la guerre, il a quarante-neuf ans.

À sept ans, Séraphine est orpheline.

La vie avec sa sœur continue. Le quotidien est difficile à Arsy, l'argent manque. Vers 1867, Argentine se marie avec Pierre Anasthase Debeaupuis. Malheureusement, le jeune épousé meurt quelques mois plus tard, le 23 avril 1868, à Remy, petit village proche d'Arsy. Argentine se remarie avec un Flamand, Jean-Baptiste Guerts. Ils ont ensemble une petite fille, Rosalie.

Séraphine aide par des petits travaux domestiques comme du raccommodage, du reprisage.

1. Pascal Corpart, « L'art et la folie, la véritable vie de Séraphine de Senlis », p. 67. Pour les références complètes des ouvrages mentionnés, voir « Lectures », p. 169.

La famille est pauvre, on se nourrit des légumes du jardin, de soupes épaissies par le pain pétri par leurs soins. Nous ne savons rien de la nature de la relation entre les deux sœurs. L'aînée était-elle aidée par des oncles, des tantes, des voisins ?

Séraphine écrit en 1937 :

Je tiens que ce soient ms parents M. et Mme Jules Mary de la ferme de la Versine (Oise). Ils sont régisseurs, mes enfants, chez eux, ils seront bien... Depuis déjà un bail que mon cher neveu est là... sa représente des gens biens et capable que l'on les aime. Ils sont bons tous les deux, mon Petit Garçon parle... Ils les aime, il dit cousin, cousine, Jules Mary, cousine Rosalie, Notre Seigneur m'a dit, ils aimeronts tes enfants... Madame ma nièce, je n'aie pas l'honneur de la connaître et 40.000 frs que je dônne par testament à M. et Mme Jules Mary...

Séraphine est élevée par une autre enfant qui devait être affligée par la mort de la mère. Séraphine est issue d'un sang qui tourne... *Elle avait son sang tourné*... La mère avait-elle le *sang tourné* par l'angoisse de la maladie ? Par l'idée de laisser seules deux enfants ? Victorine a sans doute été idéalisée du fait de sa disparition. Elle est devenue une sainte femme, comme la Vierge.

Sang rivale. Sang lis.

De quelle manière l'histoire familiale lie-t-elle les deux filles ? La mort de Victorine a-t-elle à voir avec la naissance de Séraphine ? Elle aurait eu cette dernière fille à quarante-sept ou quarante-huit ans, si les dates sont exactes.

Séraphine grandit comme grandissent les petites filles de la campagne, le regard vers le ciel, vers les arbres, vers la lumière, mais la mémoire est déjà bien lourde.

Séraphine est pieuse, être chrétien c'est pratiquer, elle va à l'église d'Arsy, la messe du matin au lever du soleil, celle des servantes.

Après l'école Séraphine garde les bêtes des fermes voisines, comme le faisait avant elle Victorine, sa mère. Cette activité restera une préoccupation importante pendant toute son hospitalisation.

Elle écrit le 13 décembre 1933 :

J'aie recour à votre bon cœur, Monsieur le Docteur, je viens vous révéler que le lait manque en cette saison est la cause que les animaux vaches souffrent comme moi du froid et surtout de l'alimentation. Il faut que ces bêtes leur donner de l'eau tiède à boire si elles souffrent de la faim et surtout de la soif le lait est surement diminué il faut surement beaucoup de litière propre et en bas des portes une fois que leur paille est faite que l'air est renouvelé, il faut boucher le bas des portes. Et le temps qu'on les traie, il faut laisser la porte ouverte pour renouveler l'air.

Ce que l'on sait, c'est que tout au long de sa vie, elle garde le souvenir de la nature, des champs, des fleurs sauvages, des pâturages, des arbres. Elle en parle souvent lorsqu'elle se sent en confiance.

Qu'aurait-elle eu à dire de son enfance dans l'ombre de ses souvenirs ? Et à qui aurait-elle pu le dire ?

Elle va à l'école du village et semble avoir été une écolière attentive, bien que son orthographe soit incertaine. Son écriture est belle, distinguée, elle est citée en exemple, car elle s'applique à former les lettres. Elle dessinait bien, au point que l'on s'en souvient. Pourtant, de l'avis général, vu la situation de cette petite fille, il serait préférable qu'elle apprenne à tricoter, à cuisiner, à rapiécer plutôt que de passer son temps à courir la campagne et à dessiner.

Les évocations de l'enfance de Séraphine sont rares. Les textes qui s'en souviennent parlent de la sœur aînée, quelquefois il est question de cette autre sœur morte.

Peut-être fut-elle alors élevée par sa sœur aînée ; peut-être connut-elle aussi ces collèges qu'elle décrira trente ans plus tard dans une lettre au chef de la gendarmerie de Beauvais, en disant simplement qu'elle les avait visités « quand j'allais aux offices à St Vincent secrètement je me demandais qu'elle était le mobile de ces visages dévisagés de maigreur et j'y lisait dans leurs regards atténués de fatigue... C'est vraiment criminelle une telle Direction... Ils ne sont pas dignes qu'on leur confie des enfants[1]... ».

La façon de vivre de Séraphine, les choix qu'elle a faits par la suite, sa structure psychologique laissent à penser qu'elle a été une enfant solitaire, sans doute déjà un peu à l'écart des autres.

Ils ne sont pas dignes qu'on leur confie des enfants... À qui Séraphine a-t-elle été confiée, à un an ?

Dans la lecture des lettres écrites à l'asile, quelquefois nous trouvons une allusion à l'enfance :

[...] *que les petits enfants ne serait pas beaux comme les autres ils seraits honteux. Arsy (Oise) quanq j'étais jeune, j'aie préservé un incendie chez M. et Mme Eloi (Arsy Oise – La grande ferme)*

1. Jean Demay, note pour le livre de Lucien Bonnafé, *Dans cette nuit peuplée.*

Défense de fûme chez tous les cultivateur et fermier et les séduires tous les commerçants divers. Pour les moteurs à battre, diminuer la pression de la lumière contre l'incendie. Il faut un exper pour les mêteurs[1].

Ce qui manque ici, ce n'est pas une date, une anecdote d'enfance mais l'odeur des fleurs dans les champs, la musique des feuilles des arbres dans le vent, la lumière, toutes ces choses fondamentales qui ont permis que Séraphine devienne Séraphine de Senlis.

Quel impossible, quel indicible, quel inexprimable se sont transformés en fleurs veloutées ? Quel secret s'est écrit dans le langage des formes que nous donne à voir, tableau après tableau, Séraphine Louis ?

Ses toiles ne racontent pas une histoire particulière, elles mettent en tension quelque chose de nouveau, elles nous montrent l'inédit. Séraphine compose ses tableaux avec les éléments qu'elle a en elle, qu'elle connaît. Elle peint de mémoire, mais avec quelle mémoire ? Celle des champs de fleurs sauvages, de la lumière chaude, le souvenir des prés, des marguerites effeuillées, de l'odeur de l'herbe des sentiers ?

1. Le 17 septembre 1936.

Nous pouvons l'imaginer, peindre et repeindre les traces colorées porteuses de ses premières expériences affectives, inventer des tonalités rattachées aux souvenirs, aux impressions anciennes et refoulées. Séraphine renoue en couleurs avec ce qui est passé, elle ravive des images et les met en scène sur la toile, comme une commémoration des temps lumineux. Elle peint jusqu'au vertige une émotion dont elle ne sait plus la source, mais qui est sa vraie enfance.

À sa façon, elle écrit sa propre histoire, elle approche son rêve.

Mais est-il convenable de réécrire l'histoire à partir de fleurs ? De reconstruire le passé avec le désir de trouver des sources dont nous ignorons presque tout ? De voir dans une vie ce que l'on a envie d'y voir et d'écarter une objectivité qui devrait marquer tout travail biographique ?

À quoi rêve-t-elle ? Qui lui parle ? À qui parle-t-elle ?

Sans doute n'a-t-elle pas les rêves des jeunes filles de son âge, leurs frivolités, leurs jeux, leurs insouciances, leurs légèretés, leurs coquetteries, leurs rires. Séraphine est pieuse et solitaire. Heureusement, il y a la Vierge.

Ma mère qui êtes aux Cieux…

Ma mère.

L'histoire ne lui connaît pas une amitié pour mieux découvrir ce qu'elle est, une amie, un miroir, un double, un regard bienveillant sur elle. Pas de mère dans le regard de qui lire l'amour, pas d'amoureux non plus. Jamais, juste un bien-aimé créé dans son imagination plus tard.

Selon le recensement communal de 1872, Séraphine habite chez sa sœur et son beau-frère, au recensement suivant, en 1881, elle n'est plus présente dans le village. Il semblerait qu'elle ait vécu avec eux jusqu'en 1876.

Les travaux noirs

> *Ce n'est pas un métier que le mien. On l'appelle ainsi pour simplifier, mais ce n'en est pas un. C'est une sorte d'état, d'état tout entier, vous comprenez, comme par exemple d'être un enfant ou d'être un malade.*
>
> La bonne au colporteur,
> dans *Le Square,* Marguerite DURAS.

À treize ans, vers 1877, Séraphine part travailler chez les autres, comme sa mère, comme son père, comme sa sœur.

À cet âge, la bergère d'Arsy est placée par sa sœur comme domestique à Paris pendant dix-huit mois puis à Compiègne chez la comtesse de Beaumini. Elle est bonne à tout faire, femme de chambre, elle aide la cuisinière âgée.

Pendant cinq ans, la trace de ses activités est floue, mais ce dont nous sommes certains c'est qu'entre treize et dix-huit ans, elle astique les meubles, lave par terre, décrasse, époussette, cire, fait briller. Elle est employée dans plusieurs maisons, logée et nourrie. Peut-être a-t-elle travaillé comme servante dans une institution de jeunes filles où la légende l'imagine écouter discrètement, derrière la porte de la classe, les cours hebdomadaires du professeur de dessin.

Séraphine dira de cette époque plus tard :

J'y faisais mes travaux noirs.

En opposition, certainement, à ses travaux de couleur.

Séraphine n'habitera plus jamais son village d'Arsy, mais elle restera très attachée à sa mémoire et tout au long de sa vie elle l'évoquera souvent.

En 1937 elle écrit : *Il a été entendûe que l'on donneraie du 12.000 frs aux milles ceci en question sera pour mes Œuvres d'Églises… D'abord… pour la petite Église de mon pays… d'Arsy (Oise). Il faudra au moins, et plus un million de francs car je la voie en très mauvais état, que l'on commence par le toit…*

Il a longtemps été dit qu'en 1881 Séraphine, âgée de dix-sept ans, entre chez les sœurs de Saint-Joseph de Cluny, à Senlis.

L'histoire était belle.

Anne-Marie Javohey[1] est la fondatrice du couvent. Le pape Pie XI lui décerne le titre de

1. 1779-1851.

« première femme missionnaire », elle sera béatifiée par Pie XII en 1950. Ces sœurs ont contribué à l'abolition de l'esclavage. Les quinze premières sœurs de Saint-Joseph de Cluny arrivent au couvent de la Présentation (Saint-Vincent) pour s'occuper de l'infirmerie et de la lingerie du collège fondé par l'Association des chevaliers de Saint-Louis en 1816 et pour prendre la direction de l'école gratuite de filles de Senlis. C'est en 1856 qu'un décret de Napoléon III autorise les sœurs à fonder à Senlis un établissement.

Mais cette version de l'épisode Saint-Joseph de Cluny est remise en question depuis qu'un chercheur[1] a retrouvé une fiche au nom de Séraphine Louis établie en 1881 qui la recense comme femme de ménage au couvent des sœurs de la Charité de la Providence à Clermont[2]. Cette

1. Emmanuel Bellanger.

2. Emmanuel Bellanger, « La biographie de Séraphine Louis remise en cause : Séraphine serait de Clermont et non de Senlis », *Le Bonhomme picard*, août 2007. Emmanuel Bellanger, passionné d'histoire locale, est tombé sur des fiches de recensement de la ville de Clermont. Surpris il consulte les autres fiches établies tous les cinq ans par rue. Et une nouvelle fois, la trace de Séraphine Louis apparaît dans l'établissement de la Providence.

version est reprise dans un autre article qui nous apprend que le couvent abrite quatorze religieuses, avec pour personnel, en plus de Séraphine, Marie Martin, employée, et Jean Jégu, jardinier. *S'ouvrent alors pour la future artiste vingt ans de labeur et de quasi-clôture, à peine troublés en 1884 par l'agrandissement du jardin conventuel et peut-être par quelques sorties dans la vieille ville en direction de l'église Saint-Samson toute proche de la promenade du Chatellelier qui ouvre sur la campagne*[1].

Séraphine elle-même ne nomme jamais le couvent.

Au couvent, qu'il soit à Senlis ou ailleurs, Séraphine s'occupe comme d'habitude des tâches et des travaux ménagers les plus pénibles. Elle n'y est pas religieuse, même si une sœur de la communauté de Senlis croyait se rappeler l'avoir vue porter le voile sur une photographie gardée précieusement par Séraphine. Cette même sœur disait que Séraphine avait mené au couvent une existence exemplaire.

Sans prononcer de vœux, elle partage avec les sœurs la méditation et les prières, elle est une

1. Pascal Corpart, *op. cit.*, p. 68.

sorte de sœur converse. Admise aux offices, elle s'imprègne des hymnes, des chants, de la lumière religieuse, des odeurs de cire et d'encens, des silences.

Elle passe vingt ans dans le recueillement, la douceur et la piété.

Chez les sœurs, Séraphine est à l'abri de la réalité.

Vingt ans à être servante.

Vingt ans hors du monde.

Au sein des murs de pierre elle est protégée de l'extérieur. La vie est rythmée par les prières, la Vierge Marie préside à celle du couvent. Séraphine doit à cette longue période de son existence son penchant pour le mysticisme, elle lui doit sa culture religieuse, son écriture, son style.

Les anges, les fleurs nourrissent ses pensées.

J'y suis demeurée longtemps parce que je m'y trouvais bien et le travail n'y était guère accablant[1], affirmait-elle.

Elle disait aussi qu'elle y était bien parce qu'elle est pieuse.

1. La plupart des citations de Séraphine sont extraites du livre de J.-P. Foucher et de l'article de H.M. Gallot.

Pourtant, à trente-huit ans, Séraphine décide de partir, elle abandonne la sécurité au risque de se perdre. Pourquoi ? Les hypothèses sont nombreuses, les raisons restent obscures. Les nonnes lui font-elles des petites misères ? Se dispute-t-elle avec elles ? Séraphine est parfois d'humeur ombrageuse.

Une des raisons principales de son départ est vraisemblablement un farouche besoin d'indépendance.

En 1902, Séraphine quitte le couvent.

Elle ne parlera plus de cette période de sa vie. Pourtant, les sœurs la considéreront toujours comme une sainte femme et la mère supérieure viendra lui rendre visite régulièrement. Séraphine lui lira les poèmes qu'elle compose.

L'observation médicale du 2 novembre 1933, écrite par un interne du service dans lequel elle sera hospitalisée à Clermont, nous donne, trente-deux ans après, la version de Séraphine :

Pendant sa présence au couvent, elle aurait été témoin des histoires de mœurs et des affaires criminelles. Aussi nous dit-elle que la jalousie était le caractère prédominant de toutes les sœurs et que depuis, pour des causes assez futiles, le sang y coulait. Elle aurait vu la sœur Valentin assassinée par la sœur Angélique à cause du café. Une autre sœur aurait été mise enceinte par l'abbé Chantard. Elle a été témoin de toutes ces scènes. Et il n'y a rien d'étonnant à ce, dit-elle, qu'elle soit portée dans les archives du commissariat de police comme agent de la Police secrète[1].

Même si ces paroles sont prononcées trois décennies plus tard, même si le délire a fait son œuvre, nous pouvons penser que Séraphine part du couvent, poussée par un besoin impérieux d'indépendance, mais aussi parce qu'elle est lasse des chamailleries entre les sœurs.

Elle part et cherche du travail.

Tout le monde sait à Senlis que Séraphine ne rechigne pas à la besogne, elle est peu intéressée par l'argent et elle trouve donc facilement à se placer comme servante dans plusieurs maisons bourgeoises de la ville et des environs. À cette époque, sa façon de s'habiller est bien un peu curieuse, elle ne fréquente personne, mais, nous dit H. M. Gallot, psychiatre et écrivain qui l'a connue et qui a retracé après sa mort sa trajectoire, Séraphine est

1. Thèse de Mme Ortas-Perretti, p. 10. Tous les certificats médicaux et les lettres de Séraphine cités dans le texte en sont extraits.

très polie, très gaie, pleine d'assurance et, sinon d'humilité, du moins de déférence[1].

Pourtant, Séraphine ne reste pas très longtemps chez ses employeurs. S'ils sont vite lassés de ses bizarreries, elle-même ne transige pas. Quand cela ne va pas, elle n'insiste pas, sa priorité est ailleurs, et si on ne veut pas comprendre cela…

L'interne qui l'a suivie lors de son hospitalisation à Clermont a noté, d'après les souvenirs de sa patiente : en 1902, juste à la sortie du couvent, Séraphine est placée chez Mlle Faisan, dans un pays proche de Saint-Just-en-Chaussée. Mais elle ne s'y plaisait pas, elle reste six mois. Elle va trouver Mme Baligny qui l'aurait placée dans une maison bourgeoise chez Mme Baudin, mais le travail était trop dur, elle ne s'y plaisait pas non plus. Elle écrit alors à Mme Bonnet, en lui souhaitant la bonne année – elle habitait 10, rue de Paris, à Senlis –, et lui dit que sa place est trop dure. Mme Bonnet lui répond :

Venez vous présenter tout de suite chez une amie à moi qui s'appelle Mme Mong, dont le mari est mort et la bonne à l'hôpital.

1. Cf. H. M. Gallot, « Séraphine bouquetière “sans rivale” des fleurs maudites de l'instinct », p. 59.

Séraphine reste chez Mme Mong de 1903 jusqu'à la fin de 1904, moment où elle quitte son emploi parce que la dame va habiter Paris et que cela ne plaît pas à Séraphine d'aller vivre dans la capitale. De 1904 à 1906, elle est placée comme cuisinière chez un avoué de Senlis, M. Chambard, qui habite rue du Châtel ; il meurt en 1906. Mais c'est lorsqu'elle travaillait chez cet homme, en 1905, que son ange gardien lui aurait dit à l'église de se mettre au dessin.

L'observation de l'interne continue[1] :

Elle commençait alors à dessiner des fleurs, des fruits sur papier spécial, sur des vases, cruchons, bouteilles et assiettes. La femme de l'avocat, Mme Chambard, trouvait cela ridicule, tandis que son fils aurait dit que la malade aurait des dispositions et qu'il fallait qu'elle continue. La malade aurait même pris une leçon de dessin chez un professeur du collège de Senlis, mais celui-ci a dit qu'elle était trop vieille pour se mettre à la peinture.

Nous la retrouvons domestique en mars 1911 dans la famille Jacques, rue Saint-Peravy, à Senlis.

1. Observation de l'interne, *in* Ortas-Perretti, *op. cit.*, p. 11.

Les travaux de couleur

Les fleurs des champs sont les yeux d'un Dieu aveugle tourné vers nous de toute sa bienveillance.

Christian BOBIN,
Une bibliothèque de nuages[1].

Une des versions de l'entrée en peinture de Séraphine se déroule dans la cathédrale Notre-Dame de Senlis. C'est là que Séraphine dit avoir entendu la Vierge lui ordonner de peindre. Dans le recueillement du silence et de la piété de ce lieu sacré et serein, la Sainte Vierge s'est adressée à elle.

Le bâtiment est imposant, de style gothique. Il a été construit en quatre siècles et a résisté aux guerres. Édifié pour l'essentiel au XIIe siècle, il a bénéficié des largesses royales, de la générosité des grandes familles de Senlis. La cathédrale est la fierté des habitants. Elle écrase le cœur de la ville de sa beauté.

1. P. 35.

Le vaste portail central glorifie la Vierge Marie. Le linteau est consacré en deux scènes à la dormition et à l'assomption. La dormition évoque Marie sur un lit, entourée des apôtres. Son âme est transportée au ciel par les anges. À droite, d'autres anges s'empressent autour d'elle, puis l'emportent : c'est la résurrection.

Le tympan est dédié à son triomphe. Marie couronnée reçoit la bénédiction de son fils, des anges se tiennent sous les arcades. Marie, les anges, les anges, Marie…

C'est la famille de Séraphine.

À l'intérieur de la cathédrale, la lumière laisse en suspens des particules infimes de poussière. Les vitraux tamisent un éclat coloré, surnaturel. Séraphine s'abîme dans leur contemplation. En ce lieu, sous les voûtes en arc brisé, elle se complaît dans les multiples représentations de la Vierge. Elle caresse du regard celle qu'elle vénère. Elle s'attarde sur les toiles frôlées d'un rayon de lumière, elle aime l'auréole des annonciations, les nuages roses, les ailes dorées des anges, le bleu de la coiffe de la Vierge, les fleurs duveteuses, les buissons d'étoiles.

Elle se sent loin des médisances et des réalités matérielles. La communication est naturelle avec le divin. Elle a le sentiment d'approcher la beauté, la grandeur, l'immortalité.

La cathédrale tout entière est faite pour accueillir les apparitions, le temps n'existe plus.

Séraphine, tu dois te mettre à dessiner!

À quarante-deux ans, Séraphine s'empresse d'obéir à l'ordre venu d'en haut. On dit aussi qu'un ange lui est apparu. Ange, Vierge Marie, quoi qu'il en soit, l'injonction vient du ciel.

Son désir de peindre est plus fort que toute pensée. Ou alors, les pensées qui l'habitent sont colorées, fleuries, sans mots.

Elle a la certitude de sa mission, elle doit répondre à cet appel, elle y croit. Elle met l'injonction en acte, elle a le sentiment d'être enfin en accord avec elle-même et, surtout, avec cet Autre plus grand qu'elle.

La voix intérieure est devenue réelle.

Cette Vierge si aimée, si sacrée, si proche, lui parle.

Une tension habite Séraphine depuis longtemps, un mouvement qui la porte vers la peinture. C'est une nécessité pour ne pas tomber dans un ailleurs inquiétant, rompre avec le monde des autres. L'appel du ciel est un guide.

Suivre la voix.

Séraphine ne peut pas s'autoriser toute seule à peindre, elle est obligée de passer par la Vierge, ou un ange, peut-être même était-ce seulement un souffle, peu importe, quelque chose est arrivé à l'art, à l'histoire de l'art.

Séraphine obéit, elle a l'habitude d'obéir depuis qu'elle est née. Elle a trouvé avec cet appel venant du ciel une forme à donner à un désir impérieux.

Mais comment faire ? Les professeurs donnent des cours aux jeunes filles de bonne famille, pas aux vieilles servantes.

Séraphine va tenter d'aller demander conseil au peintre et illustrateur senlisien Charles Hallo, dit Alo. Il fait vivre ses cinq enfants en dessinant des affiches pour le chemin de fer français et illustre de nombreux livres de gravures sur bois et sur cuivre. Ses sujets préférés sont les animaux, les natures mortes. Passionné de chasse à courre, il est le fondateur et le conservateur du musée de la Vénerie à Senlis.

L'affichiste célèbre est un excellent dessinateur, Séraphine a confiance en lui. Après l'ordre divin, c'est lui qu'elle va voir.

La réponse du peintre est claire :

Prendre des leçons, vous, Séraphine? Mais vous n'avez pas besoin de leçons. [1]

Son idée est que Séraphine doit travailler beaucoup, seule.

Pas besoin de leçons, elle sait déjà. Séraphine ne sera l'élève de personne.

À quarante-deux ans, elle entre en peinture.

Le dessin ne la passionne pas, elle commence par l'aquarelle que pratiquent les jeunes filles de bonne famille chez qui elle travaille. Elle a bien observé, discrètement. Elle achète un pinceau et quelques tubes, mais là encore, ce n'est pas pour elle. Séraphine a besoin de s'exprimer à l'aide de quelque chose de plus puissant.

Elle essaie le Ripolin, l'adopte et réinvente la peinture. Le Ripolin, elle y restera fidèle toute sa vie de peintre même si par la suite elle y introduira de subtils vernis. Elle le mélange avec on ne sait quoi, conservant jalousement son secret.

La fille de Charles Hallo se souvient de Séraphine. C'était encore une enfant lorsqu'elle la voyait, timide et effacée, aller et venir chez eux.

Elle était à l'aise chez nous, venant à n'importe quel moment de la journée, trouvant toujours porte

1. J.-P. Foucher, *Séraphine de Senlis*, p. 16.

ouverte. Si nous n'étions pas là, elle déposait son matériel devant la porte. Papa la considérait comme une originale, mais il aimait sa peinture. Elle l'amusait.

Charles Hallo ne donnait pas de conseils à Séraphine, mais du matériel, et elle lui apportait, raconte sa fille, tout ce qu'elle produisait.

L'ange annonciateur de couleurs continue à venir la conseiller, à chasser les craintes, mais aussi parfois à les faire naître.

De 1906 à 1912, Séraphine peint seule. Elle apprend comme elle peut, fait ses propres expériences, compose ses mélanges, invente une technique. Sa passion s'exprime librement, sans concession à ce qui se fait ou ne se fait pas. Elle fabrique. Elle travaille dans une absence de savoir-vivre, de savoir-faire.

Senlis

Place Notre-Dame, avenue de Chantilly, rue du Châtel, rue aux Coquilles, place Henri-IV, place Lavarande, rue Léon-Fautrat, rue du Lion, allée des Marronniers, rue de Paris, rue Petit-Chaalis, rue du Puits-Tiphaine, place Saint-Frambourg, rempart Saint-Vincent, place Saint-Pierre, rue Saint-Yves-à-l'Argent, cours Thoré-Montmorency, rue de la Treille, rue de la Tonnellerie, rue de la Chancellerie, rue des Vétérans, rue de la Poulaillerie, rue de Chat-Haret…

Un élégant clocher gothique s'élève pour signaler au voyageur la ville de Senlis.

Les cloches des églises et de la cathédrale ponctuent les heures de la petite cité dévote et endormie. Par sa brochure, Senlis se présente comme une ville royale, autrefois romaine.

À Senlis, on habite de génération en génération dans de grandes maisons aux portes lourdes, aux secrets enfermés. Quarante kilomètres seulement séparent Paris de Senlis, et pourtant c'est un autre monde.

Les Romains l'ont fondé au carrefour des routes politiques, commerciales et militaires au IIIᵉ siècle avant J.-C. Senlis est l'ancienne capitale d'un peuple gaulois, les Silvanctes, qui a donné son nom à Senlis.

Cent lis, sang lisse, sans lis.

Senlis est à l'abri. Pour la défendre des ennemis, les Romains l'ont entourée d'une muraille épaisse de quatre mètres. Ces remparts gallo-romains sont encore visibles, un peu partout. Une autre enceinte, celle-ci médiévale, et aussi des forêts et des bois séculaires encerclent la ville.

La cité devient royale. Demeure des rois de France, de Hugues Capet au Xᵉ siècle à Charles X, si elle est abandonnée des rois au profit de Compiègne et de Fontainebleau, les dix siècles de présence royale sont encore palpables. Senlis est toujours royal. Aristocratique, jaloux et fier de son passé majestueux.

De nos jours, encore, la ville conserve son aspect vieille France. Les rues sont pavées, étroites et tortueuses, calmes et feutrées, les toits en tuiles anciennes, les porches arrondis et secrets, comme les fenêtres gardées par de petits rideaux proprets.

Quels regards se cachent derrière la dentelle blanche ? Quels secrets sont gardés dans les caves gothiques des plus anciennes maisons ?

L'austérité apparente de certaines demeures dérobe aux regards profanes de ravissants jardins clos. Derrière les murs s'épanouissent des fleurs délicates aux longues tiges coiffées d'étoiles blanches, aux odeurs suaves, profondes. La ville est faite d'impasses, de petites places, de ruelles moussues et étroites, des vestiges des vieux remparts, de murs tapissés de giroflées, de vigne vierge. La lumière filtre discrètement, l'ambiance est ouatée.

Quels sont les murmures de la ville ?

Senlis est une ville ronde, fermée sur elle-même. Tout contribue à son caractère mystérieux, d'un autre temps. Ce n'est pas seulement le climat habituel. Le nouveau visiteur le sent. Deux millénaires ont modelé ces rues, ces édifices. Il y a une atmosphère propre à Senlis.

Arènes, églises, clochers, abbayes, chapelles, façades, sanctuaires, couvents, hôtels, portails sculptés, chaque regard s'arrête à une architecture différente.

L'air même est distingué, élégants sont les regards, l'attitude, la façon de parler des habitants. Tout paraît si paisible ici, si monotone. L'air doux, la lumière chaude. Odeur de forêt mêlée à celle de giroflées et du chèvrefeuille.

Senlis est riche de son passé glorieux, et malgré – ou grâce à – cette atmosphère particulière et royale, la ville est aussi le décor de quelques belles vies originales et marginales. Séraphine Louis, Wilhelm Uhde, Mme de la Pommière, fille supposée du duc de Reichstadt, l'Aiglon, en témoignent.

Quelle influence a exercée cette ville sur Séraphine ? Le tracé des rues qu'elle a parcourues tous les jours n'a pas changé depuis le Moyen Âge. Les trottoirs sont toujours minuscules, les murs aussi hauts, les fenêtres aussi ouvragées. Ses sabots ont frappé les mêmes pavés inégaux. Quand elle était lasse de sa journée, elle s'appuyait sur une de ces bornes qui préservaient les murs des roues de voitures à cheval, ces mêmes grosses pierres qui servaient de marchepieds aux cavaliers et de sièges aux touristes égarés. Elle s'y inventait des circuits, se traçait des chemins très personnels.

Séraphine a-t-elle entendu parler de ces légendes qui circulent autour des caves gothiques des plus vieilles maisons ? Repaires des Templiers, prisons gallo-romaines, ateliers en sous-sol, caves à vin, refuges, abris, réserves… Ces caves magnifiques sont aussi mystérieuses que les catacombes. Leurs voûtes, posées sur des croisées d'ogives, meurent sur des piliers aux chapiteaux sculptés. Une première cave est parfois suivie d'une deuxième et d'une autre encore. C'est le Senlis invisible, secret, la ville souterraine. L'inconscient de la cité.

Ici, le temps se mesure différemment. Passé, présent se rencontrent. Car Senlis est en marge. Aller à sa rencontre, ce n'est pas seulement ouvrir un guide et suivre un circuit préétabli. C'est se perdre dans l'entrelacs des ruelles, flirter avec la mémoire d'un art de vivre que l'on croit perdu. Discret, silencieux, le visiteur qui s'attarde est parfois touché par la grâce.

La vie privée de Séraphine Louis-Maillard

> SÉRAPHINE : *Vous ne dites rien, Mademoiselle ? Vous n'aimez plus ma peinture ?*
> ANNE-MARIE UHDE : *Au contraire. Mais… Je peux vous poser une question indiscrète ?*
> *Séraphine ne répond pas.*
> ANNE-MARIE : *Vous avez déjà été amoureuse ?*
> SÉRAPHINE : *Oh, mais ça ne regarde pas Mademoiselle.*
> ANNE-MARIE : *S'il vous plaît…*
> SÉRAPHINE : *Vous ne direz rien à personne, hein ? Ces choses-là sont privées.*
> ANNE-MARIE : *Promis.*
> SÉRAPHINE : *Une fois, il y a longtemps, j'ai été amoureuse. Oh oui ! C'était un officier, il s'appelait Cyrille. Il m'a fait la cour, on a été fiancés et puis un jour, il a disparu.*
>
> Martin PROVOST, *Séraphine*, séquence du film.

Après sa sortie du couvent et avoir été placée chez divers employeurs, Séraphine s'installe à Senlis, dans ses meubles.

Son domicile se trouve au cœur de Senlis, au premier étage du n° 1 de la rue du Puits-Tiphaine. C'est une petite rue pavée, comme les autres. Tiphaine était un prénom féminin assez répandu à l'époque, et on nommait le puits qui se trouvait en contrebas sur la place le puits de Feigne. La faine étant le fruit du hêtre, peut-être cette rue était-elle bordée d'arbres autrefois. Il y a encore aujourd'hui un immense hêtre pourpre dans un jardin, il domine, on le voit bien de la rue.

Séraphine habite dans une seule pièce qui lui sert d'atelier. Un escalier en colimaçon y conduit, sombre et exigu. La pièce n'est pas plus claire. Un petit lit en fer forgé, un buffet, quelques chaises en paille, une vieille table en bois blanc, un escabeau, quelques objets utilitaires, c'est tout.

Une statuette en plâtre de la Sainte Vierge, posée sur la cheminée, atteste que Dieu est là qui la soutient. Une veilleuse à huile brûle en permanence à ses pieds, indispensable pour nourrir la foi, l'inspiration, donner du courage.

H. M. Gallot écrit :

Tout cela était misérable, mais le plancher non ciré était lavé plusieurs fois par semaine. Elle utilisait pour cela de l'eau de Javel parce qu'elle ne voulait pas qu'il y eût chez elle de poussière pour salir les toiles fraîchement peintes[1].

Dès 1906, le passant peut apercevoir sur le rebord de la fenêtre des pinceaux plantés dans un vieux pot à confiture, une palette, des vases abandonnés. Séraphine peint sans relâche dans son appartement-atelier. Le jour, elle fait ses *travaux noirs*, en gagnant sa vie comme bonne à tout faire, mais le soir ce sont ses travaux de couleur.

Elle peint, enfermée chez elle, mêlant chants, cantiques, exaltation, peurs et tristesse. Son atelier est un refuge, mais un refuge où la peur existe. De ses ombres intérieures, de ses désirs enfouis, de ses blessures, Séraphine va faire des fleurs. Dans sa forteresse, elle vit, elle peint, c'est *sa vie privée*.

Elle y oublie le quotidien, l'extérieur. Pas question de la déranger, d'ailleurs elle a installé un panneau en bas des escaliers :

Défense de monter sous peine de poursuite, je travaille[2].

Tous les supports lui sont bons et sont prétextes à peindre : vieilles boîtes, tasses, cruches, assiet-

1. H. M. Gallot, *op. cit.*, p. 65.
2. J.-P. Foucher, *op. cit.*, p. 37.

tes, cartons, tables, chaises, pots. Elle peint, sans recettes académiques, les choses qu'elle aime, en toute simplicité.

Je fais comme ça, je n'y connais rien.

De son emploi au couvent, elle a gardé l'habitude de la vie spirituelle. Elle se rend à la messe chaque jour. Senlis est une ville pieuse depuis des siècles, saint Rieul y a établi un évêché dès le IVe siècle.

La cathédrale est toute proche de son domicile, c'est là qu'elle préfère aller prier.

À genoux sur son prie-Dieu, elle dialogue avec Marie et ses saints. Lorsqu'elle s'adresse à la Vierge, c'est avec émotion qu'elle dit :

Ma mère qui êtes aux Cieux…

Ma mère.

Séraphine n'est pas une habitante célèbre, pas encore, mais les gens parlent d'elle. Elle attire la curiosité, la sympathie, mais aussi la malveillance et la médisance. Les habitants la voient se presser dans les rues, toujours affairée, encombrée de ses longues jupes noires. Elle ne porte que du noir. Sur ses blouses, elle noue un caraco, une petite pèlerine grise ou noire en laine des Pyrénées. Elle superpose plusieurs longues jupes qui balaient les pavés. Séraphine pose sur ses cheveux orange un canotier verni, noir bien sûr.

H. M. Gallot :

Chez elle, accrochés au mur, on en voyait toujours cinq ou six autres qui attendaient d'être utilisés ou repeints, car elle était coquette à sa manière[1].

Les canotiers viennent, dit-on, de l'armoire d'un médecin estimé de la ville ou encore de celle du baron de Maricourt. À ses pieds, le plus souvent, elle arbore des souliers d'homme ou des pantoufles de sa fabrication, ils remplacent les sabots qu'elle préfère garder à la main pour les préserver de l'usure.

Silhouette claudicante, étrange, active, familière.

Parfois elle échange quelques mots avec une connaissance, mais le plus souvent elle se tait, elle peut se taire pendant des jours. Elle est alors en état d'inspiration, en entretien privé avec ses voix, celles d'en haut.

À l'époque où Séraphine débute dans le métier de peintre et s'installe à Senlis, elle a plus de quarante ans et paraît déjà sans âge. C'est une paysanne robuste au visage buriné, constellé de taches de rousseur. Elle colore son abondante chevelure au henné, les cheveux frisés vers la pointe, coupés

1. *Op. cit.*, p. 64.

court, au ras du cou, à l'artiste… Séraphine est de taille moyenne, sa bouche est large, son nez fort, ses yeux bleu-vert, pailletés de jaune. Si Séraphine est peu bavarde, le son de sa voix surprend ses interlocuteurs, le timbre est aigu, placé un peu trop haut.

H. M. Gallot :

Elle parlait avec facilité, d'une manière très simple avec une voix aiguë. Elle avait un accent prononcé, assez spécial, qui n'est pas tout à fait l'accent picard, mais qui est propre à la région de Senlis et de Compiègne, accent qui insiste sur les premières syllabes et prononce les A comme s'ils étaient surmontés d'un accent circonflexe[1].

Séraphine s'évade de partout, de sa place de domestique, des conversations qu'elle a avec les gens, de la réalité quotidienne. Elle vit ailleurs, dans un monde bien à elle. Elle vit sa passion pour la peinture librement, sans faire de compromis, sans s'occuper de ce qui se fait ou ne se fait pas.

Elle vit, elle peint.

Après sa journée laborieuse, à la nuit tombée, Séraphine peint. Plus elle peint, plus ses tableaux deviennent grands. Elle crée dans le secret, à l'abri des regards.

Elle hurle, d'une voix fausse et nasillarde, des

1. *Op. cit.*, p. 64.

cantiques. Ceux qu'elle a entendus chez les sœurs. Ils développent l'éveil du désir, de la possession, ils sont inspirés de l'amour des hommes vers Dieu. Le couple y est mis en scène, le bien-aimé, la bien-aimée se perdent, se rejoignent. La voix est l'intermédiaire entre la toile et elle. Séraphine est imprégnée de musique religieuse, lorsqu'elle psalmodie, elle se sent en communion avec le divin, libérée de tout souci matériel, en réconciliation avec elle-même. La voix et le geste sont mêlés. Le tableau devient alors une prière peinte. Une prière qui passe par la peinture.

Elle s'enferme chez elle quelquefois plusieurs jours de suite. La lumière de la lampe Pigeon brille toute la nuit. Les Senlisiens sont habitués. La lumière, la voix qui chante, c'est Séraphine qui peint.

Ses œuvres sont *inspirées.* Elle est l'instrument de Dieu.

Si Séraphine avait vécu dans le monde des Anciens, oriental ou grec, elle n'aurait pas fait figure d'excentrique. La croyance en des inspirations divines transmises à l'artiste était monnaie courante. On ne disait pas de lui qu'il était doué, mais inspiré, la voix divine venant en lui comme une semence.

Différente, Séraphine l'est par l'originalité de son rapport aux autres.

À l'ombre des grands arbres de la promenade des remparts, Séraphine rêve. Personne ne lui connaît d'histoire d'amour. Mais que se passe-t-il dans son imaginaire ? Elle s'est inventé un amoureux, espagnol. Un officier, beau, grand, bien fait de sa personne, son uniforme majestueux orné d'épaulettes dorées, gants blancs. Il s'appelle Cyrille. Avec le temps, il deviendra russe et collectionneur de tableaux. Elle le voit parfois passer sur la grande promenade, près des remparts. Il se déplace toujours à cheval, bien aimable, il la salue chaque fois fort civilement. Un jour il descend de sa monture, se penche vers elle et se déclare. Puis il s'en va. Elle se souvient des galons qui brillent sur son costume d'officier. Il lui a parlé tendrement. Il a promis. Il va revenir pour l'épouser.

Quelquefois, après son travail, avant de rentrer chez elle, ses pas la portent jusque dans l'allée qui mène à Chantilly. Là, sous les arbres, elle rêve de Cyrille. Elle lui parle de leur mariage, s'assied sur un banc pour l'attendre et lui dire combien elle aime cette ville. Elle l'entretient de tout et de rien.

Lui confie-t-elle sa crainte des hommes ? Lui raconte-t-elle son enfance dont elle se rappelle encore l'odeur des champs ? Avec qui maintenant pourrait-elle évoquer cette enfance campagnarde ?

Elle l'attend, ses pensées s'envolent vers lui, où qu'il soit. Son amour n'a ni lieu ni époque, il est dans l'air, en dehors du temps, près du cœur. Il l'aime, et c'est bon d'être aimée. Elle parle de lui souvent, mais seulement à des personnes en qui elle a toute confiance.

Séraphine est vierge, elle le restera. Les anges n'ont pas de sexualité et de toute façon nul ne sait de quel sexe ils sont. L'amour, elle le fait avec la peinture.

Lorsqu'elle a besoin d'argent, elle troque ses tableaux, elle en est prodigue. L'épicier lui donne du vin, la marchande de quatre-saisons de la soupe, le cordonnier du cuir pour ses sabots, la crémière du lait, le droguiste de la peinture… On accepte les toiles par charité et les toiles se retrouvent au grenier, au mieux.

Et puis, il y a les scandales…

Il se dit qu'au cours de la messe dominicale à la cathédrale, Séraphine s'est cabrée en criant au prêtre :

Arrière, Satan, allez rendre à César ce qui appartient à César, et à Dieu ce qui appartient à Dieu.

Ce prêtre se fait traiter parfois de tentateur. Séraphine s'imagine en état de grossesse à cause de lui.

Toute sa vie elle s'est pensée enceinte, sans jamais accoucher, sans jamais avoir eu de rapports sexuels. Peut-être gardait-elle du désir en elle, était-elle enceinte de son œuvre ?

M. Leblanc, le tapissier, se souvient être passé sous ses fenêtres et avoir été surpris du spectacle… Elle avait récupéré les guirlandes de roses en papier confectionnées pour la cérémonie solennelle en l'honneur de sainte Thérèse de l'Enfant Jésus à la cathédrale. Une multitude de roses étaient pendues une à une à de longues ficelles. Des roses bénies qui donnaient à son atelier une allure de chapelle ardente. Toutes les fenêtres étaient décorées, troublante vision que les passants pouvaient admirer de la rue. L'air même était parfumé à la rose. Sainte Thérèse a fait des fleurs un langage, celui de l'amour, de l'amour fou. Comme sainte Thérèse Séraphine parle le langage des fleurs, comme elle, elle jette des fleurs offertes vers l'invisible.

Et je ferai pleuvoir sur la terre une pluie de roses…

Séraphine fréquente assidûment l'église. Le dimanche, elle ne manquerait pour rien au monde la messe de onze heures. Elle entre par la porte du transept donnant sur la place de l'Évêché. Elle se tient en général debout dans le déambulatoire, à droite du chœur. Ces matins-là elle est chaussée de ses souliers à bouts vernis, ceux qu'elle ne porte que dans les grandes occasions. Le sacristain, en faisant la quête, cherche à l'éviter, il connaît sa pauvreté. Mais Séraphine lui court après, le tire par la manche pour qu'il la prenne en considération et prenne son obole[1].

La légende raconte qu'un soir, Séraphine a attendu que la cathédrale se vide lentement. Par petits groupes les paroissiens s'étaient regroupés et attardés sur le parvis, commentant le sermon de l'archiprêtre, leurs voix comme étouffées par la masse de la cathédrale Notre-Dame. Puis la brume froide avait enveloppé la ville, assourdi toute couleur.

À l'intérieur, pendant que le sacristain s'appliquait encore à éteindre les lumières avec le sérieux des gestes maintes fois répétés, une ombre maladroitement dissimulée derrière un

1. Cf. H. M. Gallot, *op. cit.*, p. 65.

pilier attendait patiemment que le pas lent et régulier de l'homme s'éloigne. Elle avait tourné autour de la colonne pour qu'il ne la voie pas. Les yeux du vieux monsieur étaient bien fatigués après tant d'années, et puis il ne se méfiait de rien. Qui pourrait imaginer qu'on veuille passer la nuit dans cette cathédrale humide et glacée ?

Il avait refermé bruyamment la porte derrière lui.

Il fit complètement nuit. Un pâle rayon de lune éclairait faiblement un morceau de rosace. On devinait la mort, l'assomption, le couronnement de la Vierge.

Séraphine s'était avancée dans la travée, puis agenouillée devant la statue de la Vierge, toute blanche, en plâtre.

Au matin, alors que la ville sortait de la nuit, un bruit de pas avait résonné dans la rue.

Peu de temps après, le sacristain encore engourdi de sommeil était entré dans la cathédrale. Il s'était frotté les paupières… Il n'en croyait pas ses yeux.

La statue de la Vierge était rose.

Peinte en rose.

Séraphine, de Senlis

Il faut toujours se méfier des opinions qu'on a, parce que ce sont des opinions qu'on reçoit, qu'on a apprises et qui nous sont diffusées aussi bien par les livres, l'école, l'université, la télé, les médias... et elles brouillent toute approche du pathologique ou de l'esthétique... Ce n'est pas parce qu'on est fou qu'on est génial. Par contre, il y a des potentialités, qui ne se seraient jamais manifestées s'il n'y avait pas eu de catastrophes schizophréniques.

Jean OURY, *Création et schizophrénie*[1].

Séraphine est employée par le baron de Maricourt. C'est chez lui qu'elle rencontre Mlle Catherine, la servante attitrée du baron. C'est une grande femme sexagénaire très rigoureuse sur les principes. Elle est la pire ennemie de Séraphine. Mlle Catherine raconte tout au baron, les petits échos de la ville, les potins et les extravagances de leur femme de ménage,

1. P. 62.

les rumeurs, les commérages. Le baron est un homme érudit, il vit entouré de livres, de souvenirs du siècle passé, il ne fréquente que les gens du même monde. Il donne toujours raison à Catherine.

Le baron est archiviste paléographe, mais il est aussi écrivain. Ses publications sont nombreuses : des articles, des livres d'histoire sur Senlis et un ouvrage sur Mme de la Pommière[1].

La personnalité de Mme de la Pommière, comme celle de Séraphine, fait tache à Senlis. La vie de cette éventuelle fille de l'Aiglon se déroule entre 1832 et 1922 :

On la voyait sortir de son logis solitaire, à l'heure où, de leur aile en soie noire, les chauves-souris silencieusement éteignent le soleil aux angles des murs. Alors qu'elle ne se montrait plus guère qu'aux alentours de son quartier. Longue, infiniment longue (1,75 mètre, dit-on), maigre, dodelinant de la tête, myope comme on ne l'est point, marmonnant parfois toute seule, il apparaissait à la fraîcheur de son teint qu'elle avait été jolie[2].

1. André de Maricourt, *Le Mystère de la rue Saint-Yves-à-l'Argent*.

2. André de Maricourt, *op. cit.*, p. 9.

Comme ceux de Séraphine, les vêtements de Mme de la Pommière, son attitude, attirent les jugements et les plaisanteries dans les rues de Senlis. Comme elle, son mode de vie ne correspond pas à celui des habitants de la ville. Les enfants la poursuivent de leurs moqueries lorsqu'ils la voient sortir en arborant *des chapeaux de bergère, à longs voiles de gaze, qui tombaient de son chef branlant, ou des capotes de Second Empire, dont les plumes d'autruche menaçaient le ciel sans discrétion. Des châles de dentelle, des bouillonnés, des chicorées, des falbalas et des balayeuses ornaient ses robes de soie. Ses pieds étaient chaussés de souliers ou de mules à hauts talons, qui, dans la boue de la chaussée, jouaient le rôle ingrat de petits décrotteurs. Une ombrelle rose, à la Montijo, préservait du soleil, cette châsse ambulante*[1].

Séraphine et Mme de la Pommière sont en butte aux railleries des Senlisiens. Leur originalité vestimentaire, leur histoire secrète, leur monde ailleurs, leur façon de vivre autrement attirent les ricanements.

Elles troublent toutes les deux la quiétude senlisienne.

1. *Ibid.*

Si l'une «n'est qu'une servante», si l'autre est «quelqu'un», ni l'une ni l'autre ne jouent le rôle qui leur est assigné. Comme Séraphine, la comtesse finira ses jours, à Clermont, *chez les fous.*

André de Maricourt est le maître à penser des salons mondains de l'époque. S'il est fasciné par la comtesse, il l'est beaucoup moins par sa femme de ménage. Sa production artistique le fait sourire. M. Leblanc se rappelle avoir vu Séraphine passer plusieurs fois par jour devant la maison du baron et ne marcher qu'à l'extrême bord du trottoir, les yeux baissés.

Comment cette *sans-rivale* supporte-t-elle son statut de domestique? Sans doute grâce à celui de peintre. Sa condition sociale fait qu'elle est *chez les autres*, ce qui explique ce besoin impérieux d'avoir *sa vie privée*, chez elle, avec ses toiles. Placée très jeune dans des maisons qui lui étaient étrangères, elle n'a pratiquement pas connu de vie familiale propre, adressée trop tôt à des gens qui n'étaient pas ses semblables, à des gens qu'elle a toujours appelés *Monsieur*, *Madame.* S'ils avaient bien une place dans la réalité, l'identification demeurait difficile, voire impossible.

Ce qu'on reproche alors à la bonne à tout faire,

c'est de ne pas rester dans son rôle, de vouloir « faire l'artiste ». Alors, elle s'évade, elle change tout le temps de place, à une époque où il est courant que certaines employées finissent par faire partie intégrante de la famille, à condition de rester célibataires.

Séraphine est trop libre. Mais d'où lui viennent ses idées de toute-puissance à la fin de sa vie ? Souffre-t-elle de frustration, de ressentiment, de dévalorisation ?

Elle n'a même pas choisi de haïr ou d'adorer ses employeurs, elle s'est construit une vie ailleurs, hors de leur portée.

Séraphine est la bonté même. Ce sont les commerçants qui la connaissent le mieux. Ils l'appellent « Mademoiselle Séraphine ». Elle fréquente la boulangerie Henri-IV, la bonneterie Fleury mais surtout la droguerie de la place du Marché, chez Duval, incomparable pour la qualité de son Ripolin.

En 1912, un homme va traverser et bouleverser sa vie. L'ange a-t-il été mandaté par la Vierge pour provoquer cette rencontre capitale ? Wilhelm Uhde est allemand, aristocrate, et collectionneur de tableaux. C'est un homme élégant, une personnalité brillante du XXe siècle.

Dans *De Bismarck à Picasso*, sa biographie, il explique son choix de vivre à Senlis par le fait que c'est une petite ville près de Paris où personne ne vient, pas même le dimanche :

Elle n'avait guère plus de quatre mille habitants. Les familles n'émigraient pas et il n'en venait pas de nouvelles[1].

Uhde est séduit par la cité médiévale, ses ruelles, ses églises, ses fleurs. Il aime monter en haut du clocher, voir cette ville qui ressemble alors à un grand jardin avec ses arbres ancestraux et ses fleurs innombrables alors que d'en bas, écrit-il, on ne voit que des maisons grises et des murs gris.

La ville était morte, plus morte que Bruges-la-Morte, et le son des cloches était le seul bruit que l'on entendît. Les gens quittaient rarement leurs maisons, leur dernier grand événement avait été le spectacle des uhlans allemands qui étaient passés par là pour aller à Paris en 1870[2].

Ambivalence en retour de la part des Senlisiens qui voient s'installer cet homme avec deux amis suédois. *Nous nous désignions comme les*

1. Wilhelm Uhde, *De Bismarck à Picasso,* p. 160.
2. *Ibid.*, p. 161.

membres d'une famille, dit Uhde. *Il était le père, le poète suédois était la mère et son compatriote, un peintre, était l'enfant*[1].

Uhde habite place Lavarande, à deux pas de la rue du Puits-Tiphaine, où il loue trois pièces, pour quinze francs par mois.

Il réside là plusieurs semaines régulièrement, surtout l'été, pour réfléchir à un projet de roman et travailler. À Senlis, il apprend à faire du vélo et part tous les jours en excursion dans les forêts des alentours.

Mais comme Uhde le remarque, il ne peut échapper au «tableau» qui était devenu son destin et emplissait sa vie.

Effectivement.

1. Wilhelm Uhde, *Cinq Maîtres primitifs*.

Séraphine photographiée chez elle dans les années 1920-1930
par Anne-Marie Uhde.

Séraphine peignant, photographiée chez elle avant-guerre
par Albert Benoît.
© Musée d'art et d'archéologie de Senlis.

À gauche: Wilhelm Uhde, âgé.

À droite: Pavillon d'hospitalisation de Séraphine à l'asile
de Clermont-de-l'Oise.

Séraphine photographiée devant son pavillon d'hospitalisation vers 1935.

Séraphine de Senlis
Les Grandes Marguerites
Senlis, musée d'Art et d'Archéologie / Photo © Bernard Mandin.

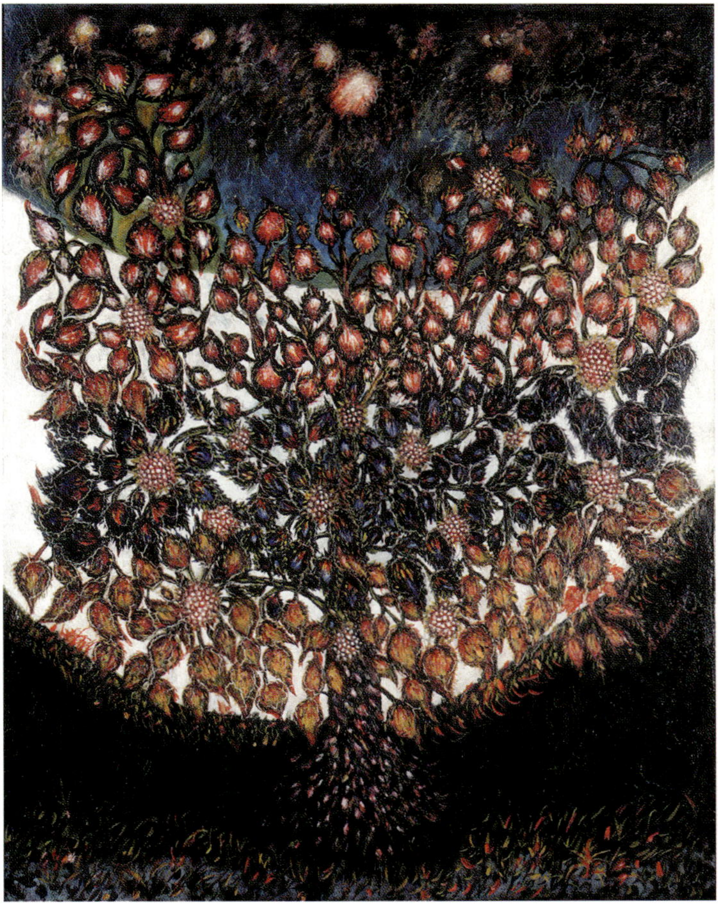

Séraphine de Senlis
L'Arbre de vie
Senlis, musée d'Art et d'Archéologie / Photo © Bernard Mandin.

Ulrich Tukur (Wilhelm Uhde) et Yolande Moreau (Séraphine)
dans *Séraphine*, film de Martin Provost, 2008.
© TS Productions (Photographe: Michaël Crotto).

Yolande Moreau (Séraphine) face à sa toile.
(Image du film *Séraphine*.)
© TS Productions (Photographe: Michaël Crotto).

Séraphine de Senlis
L'Arbre du Paradis, vers 1929
Paris, musée national d'Art moderne - Centre Pompidou © Photo CNAC/
MNAM, Dist. RMN / © Jacqueline Hyde / Adagp, Paris 2008.

Wilhelm Uhde

> *À n'en point douter, Uhde était bien né. Il n'était point un Allemand blond, mais il était grand, mince et brun, il avait le front très haut et l'esprit très vif et très prompt.*
>
> Gertrude STEIN,
> *Autobiographie d'Alice Toklas*[1].

Uhde est né dix ans après Séraphine, tout les oppose : l'origine sociale, la culture, la façon de vivre. Pourtant, Senlis et la peinture vont les unir d'une insolite façon.

Son autobiographie éditée en allemand en 1939 nous aide à mieux comprendre la vie de cet homme hors du commun. Il est né en 1874, au nord de l'Allemagne, à Friedeberg[2]. Son père occupe les hautes fonctions de procureur général, sa mère est originaire de Posen[3]. Pendant son enfance, Uhde

1. P. 49.
2. De nos jours ville polonaise.
3. Aujourd'hui Poznan, en Pologne.

séjourne dans les châteaux de Prusse orientale que possèdent ses parents. Il est l'aîné d'une fratrie de quatre enfants, un frère naît juste après lui, puis une sœur – qui mourra jeune –, et enfin, Anne-Marie, sa plus jeune sœur à qui il est très lié. Elle le rejoindra lors de son deuxième séjour à Paris.

Wilhelm Uhde fait des études de droit sans beaucoup de conviction. Il semble davantage intéressé par les corporations étudiantes, les soirées alcoolisées et les affaires d'honneur. Une fois son diplôme obtenu, *licencié en droit du royaume de Prusse*, il trouve un stage duquel il démissionne après trois jours en 1899 et part à l'étranger. C'est un voyage à Florence qui le détourne une fois pour toutes du destin tracé par sa famille. Il commence à s'intéresser à l'art. Il s'installe en Italie, décide d'y étudier l'histoire de l'art, tout en écrivant des romans et des essais esthétiques.

Uhde arrive en France en 1904 après avoir publié un pamphlet contre l'Allemagne impériale qui l'oblige à s'exiler. Il est accueilli par un ami de collège, Erich Klossowski, le père de Pierre Klossowski et de Balthus, qui lui fait découvrir Paris et l'univers artistique de la capitale. Uhde a très envie de connaître les peintres parisiens, les galeries, les musées, les salons. Les galeries sont repérables, il y en a peu : Durand-Ruel et Vollard, Bernheim rue Laffitte, Paul-Rosenberg et Hessel avenue de l'Opéra. À cette époque, les impressionnistes occupent le devant de la scène après des années d'humiliation. Uhde en arrivant à Paris découvre Paul Cézanne, Gauguin, Bonnard, Vuillard, Signac, Cross, Seurat. Dès 1904, il écrit un petit livre sur la capitale française avec des reproductions de tableaux impressionnistes.

À son arrivée à Paris, le jeune Allemand habite dans un vieil immeuble près du Panthéon. Il se promène avec bonheur dans la ville, rencontre ses amis au café du Dôme, au carrefour Raspail-Montparnasse. L'établissement est à l'époque un bureau de tabac. Les émigrés allemands s'y retrouvent et Uhde, en rupture avec son milieu d'origine et la bourgeoisie prussienne, devient vite le doyen du café, le maître des lieux. Il reçoit là ses amis peintres, collectionneurs et marchands. Le jeune Kahnweiler le tient en estime et l'admire. Uhde qui a dix ans de plus est un modèle pour lui. Il respecte ses goûts et ses choix en matière de peinture. Uhde est le premier à l'inciter à se rendre dans l'atelier de Picasso en train de peindre un curieux tableau. *C'est une toile étrange, avec quelque chose d'assyrien, lui dit-il, il faut la voir, elle s'appelle* Les Demoiselles d'Avignon[1].

Uhde fréquente également les cafés dits d'artistes, le bar Maurice, le Bar Royal, le Rat Mort, le Hanneton, le Café de Versailles…

Par passion et aussi pour vivre, Uhde achète des tableaux, il les revend parfois. Il trouve des œuvres authentiques et bon marché chez les petits marchands, à la foire aux Jambons, à l'hôtel Drouot.

En 1905, à l'angle du boulevard Rochechouart et de la rue des Martyrs, dans une boutique de literie, le regard de Wilhelm Uhde est attiré par des toiles de jeunes peintres inconnus posées devant la porte. Le propriétaire s'appelle le père Soulier, c'est un vieil homme amateur de vin et de peintures. Il expose et vend à bas prix les tableaux qui lui plaisent.

Uhde est particulièrement séduit par un petit nu, une femme aux cheveux jaunes. Elle fait sa toilette au-dessus d'un lit défait, un bouquet de fleurs est posé sur une table. La signature qui commence par un P lui est inconnue. Enthousiasmé, il l'achète pour dix francs.

1. Pierre Assouline, *L'Homme de l'art*, p. 71.

Ses amis du Dôme à qui il montre sa trouvaille jugent le tableau quelconque, certains affirment qu'il s'agit d'une mauvaise imitation de Cézanne par un peintre peu doué. Quelques jours plus tard, Uhde se rend dans le 18e arrondissement, au sommet de la butte Montmartre, au Lapin Agile. C'est le plus vieux cabaret de Paris ; il est situé au coin de la rue Saint-Vincent et de la rue des Saules. La façade est couverte de lierre ; il s'est appelé le Cabaret des voleurs, puis le Cabaret des assassins, avant de devenir le Lapin Agile.

C'est le père Frédé qui anime les soirées avec sa guitare et son violoncelle. Il chante et fait chanter les clients, des artistes en majorité. Tout le monde reprend en chœur. Ce soir-là, au milieu du brouhaha ambiant des buveurs, pendant qu'un jeune homme déclame du Verlaine, Uhde raconte à son voisin de tablée l'achat du petit nu jaune. Le voisin en question lui demande des précisions et s'écrie :

Elle est de moi ! Mais il y a bien deux ans ! Je la lui ai vendue pour payer à boire[1]. Ils se présentent : Uhde, Picasso…

1. D. Desanti, *Sonia Delaunay*, p. 52.

Uhde racontait que Picasso avait été tellement content d'avoir vendu une toile et trouvé un amateur qu'il avait tiré un coup de feu, avec un revolver offert par Alfred Jarry, dans la salle du Lapin Agile, pour manifester sa joie.

Jusqu'à la guerre de 1914, Uhde possédera seize œuvres de Picasso, dont treize toiles.

C'est l'époque du Bateau-Lavoir, rue Ravignan à Montmartre. Uhde découvre les toiles de Georges Braque, il a un coup de foudre pour ses paysages exposés au salon d'Automne, les achète tous et devient son premier acquéreur. Il admirera et défendra toujours Georges Braque qu'il estime être le plus grand peintre du siècle.

Lorsqu'un jour il fait l'acquisition pour cent francs d'une toile de Dufy, *Le Port du Havre*, un ami se moque de lui et lui dit qu'il la gardera toute sa vie, que personne n'en voudra.

Depuis son arrivée à Paris Uhde emploie son temps à rencontrer et défendre des artistes, Picasso et Braque, mais aussi Vlaminck, Derain, Puy, Manguin et bien d'autres. Il va finir par leur consacrer sa vie.

Sa collection voit le jour peu à peu, elle se construit par instinct plus que par goût de l'argent. Uhde dit qu'il n'a jamais recherché les contacts importants, il n'a jamais *voulu* trouver des peintres, il les a trouvés malgré lui. Ses seuls critères sont l'admiration et la qualité. Il se battra toute sa vie pour les peintres qu'il estime, contre les préjugés.

En 1907, Kahnweiler ouvre une petite galerie qu'il met à la disposition de Picasso, Braque et Derain. Uhde n'est plus seul à défendre ces peintres.

À cette époque, il fait la connaissance du Douanier Rousseau et de Marie Laurencin, il est l'ami de Gertrude Stein. Deux fois par semaine il ouvre les portes de son appartement aux amis, aux critiques. Uhde habite alors 11, quai aux Fleurs, sur l'île de la Cité. Au-dessus de chez lui vit un graveur, Rudolf Grossmann, qui donne des cours à une jeune femme russe, Sonia Terk. Un jour où elle grimpe l'escalier qui la mène chez son maître, Sonia Terk remarque la porte de Uhde restée ouverte. Elle regarde discrètement. Son œil est immédiatement ébloui par les couleurs vives des toiles accrochées aux murs. Uhde s'excuse de ne pas en être l'auteur, il nomme Dufy, Derain, Vlaminck, Othon Friesz, Braque… Il se présente, lui propose d'entrer.

En 1908 ils se marient. Mais c'est un mariage

blanc. Sonia veut ainsi éviter d'épouser le prétendant choisi par son oncle pour la faire revenir en Russie. Elle sait le peu d'attirance de Wilhelm Uhde pour les femmes.

Ce dernier écrit de cette union :

Il me manquait l'amitié et les soins d'un être qui prît intimement part à mon travail, mais qui fût assez indépendant pour ne pas me gêner par un lien trop fort. J'avais rencontré une jeune Russe qui était devenue pour moi une bonne camarade, qui était intelligente et généreuse, connaissait la peinture et était d'ailleurs assez douée elle-même dans ce domaine[1]*…*

L'union va durer un an, puis Sonia Terk deviendra Sonia Delaunay en épousant le peintre Robert Delaunay.

Notre mariage prit fin au bout d'un an. Un de mes amis se pensait plus capable que moi de rendre ma femme heureuse, et je n'avais nullement envie de m'opposer à leur bel avenir[2]*.*

C'est grâce à Sonia que Uhde rencontre le Douanier Rousseau. Il est en train de peindre *La Charmeuse de serpents*. Cette rencontre importante préfigure celle qu'il fera plus tard avec

1. W. Uhde, *De Bismarck à Picasso, op. cit.*, p. 145.
2. *Ibid.*, p. 147

Séraphine et son goût pour ceux qu'il nommera «les primitifs modernes». Si Uhde se passionne pour Rousseau, il a du mal à cette époque à convaincre ses amis marchands.

Uhde organise pour ce peintre une petite exposition, exclusivement pour lui, la première. Le douanier arrive à la galerie avec ses toiles entassées dans une charrette à bras. Uhde l'aide à faire l'accrochage et ils attendent les premiers visiteurs. Personne ne viendra. Uhde avait oublié d'indiquer l'adresse sur le carton d'invitation.

La deuxième exposition présentée par Uhde est celle des toiles de Marie Laurencin. À cette période, elle est à peine connue et n'a encore jamais rien vendu.

Uhde continue à acheter et à vendre, à vendre pour continuer à acheter et à collectionner.

Un jour, il troque avec Picasso une petite esquisse de portrait de l'école de Barbizon, achetée bon marché, contre son portrait cubiste réalisé par le peintre…

Ces années, entre 1904 et 1912, sont fécondes en événements culturels et artistiques. Uhde aide à faire connaître le fauvisme, le cubisme, l'art naïf.

En 1912, le 28 octobre, le jour de ses

trente-huit ans, Uhde inaugure une grande rétrospective, à la galerie Bernheim-Jeune. Ce sont les toiles du Douanier Rousseau mort deux ans auparavant. Il s'est battu pour que l'exposition ait lieu. C'est un succès.

Cette année-là, le collectionneur a besoin de changer d'air, de se reposer, de réfléchir, la densité de la vie intellectuelle parisienne lui pèse. Il part pour Senlis.

Il a aussi besoin d'écrire. Sa conception de l'art se fonde sur la notion de « l'élan vital » qui se traduit dans son langage par une pulsion « verticale gothique » novatrice, qu'il oppose aux intentions « horizontales » des héritiers de l'art classique.

L'amateur éclairé d'art s'installe dans la petite ville protégée plusieurs semaines par an. Des notables senlisiens ont recommandé à Uhde une femme d'âge mûr pour lui faire son ménage. Sans poser de questions, il l'engage sur sa réputation.

Séraphine vient tous les matins. Silencieuse, elle accomplit ses tâches avec acharnement, sans lui parler de ses travaux de couleur personnels. Les murs de l'appartement de la place Lavarande sont-ils couverts de toiles ?

Uhde s'aperçoit-il de la personnalité de sa domestique ? Du regard qu'elle pose sur la vie ?

Il écrit dans un style emphatique :

J'ignorais cependant, quand je m'installai là-bas, que dans ce grand silence s'accomplissait une destinée humaine qui transformait ce rêve en une réalité nouvelle de sentiment et de création gothiques. Qu'ici le cœur sanctifié d'une servante se sentait la vocation de ressusciter le Sublime du Moyen Âge et de créer des œuvres puissantes imprégnées d'esprit gothique[1].

Uhde a souvent raconté sa rencontre avec Séraphine[2]. Il explique aussi comment un jour, chez des petits-bourgeois de Senlis, il a vu une nature morte qui lui a fait une impression si forte qu'il est resté planté devant, muet de saisissement.

À la considérer davantage, je me rendis compte que cet effet n'était point dû à des causes extérieures, mais uniquement à une valeur artistique telle que le tableau résistait à un examen minutieux.

Des pommes posées sur une table, simplement. Mais de vraies pommes modelées dans une belle pâte consistante. *Cézanne eût été heureux de les voir*, constate Uhde.

– Qui a peint cette toile ? demandai-je.

1. W. Uhde, *Cinq maîtres primitifs*, p. 128.
2. *Ibid.*, p. 127-128.

– Séraphine, me répondit-on.

Ne voyant pas du tout de qui il peut s'agir :

– Quelle Séraphine ?

– Mais… votre femme de ménage. Elle pensait nous la vendre, mais si vous la voulez, nous nous dédirons volontiers. C'est huit francs.

Le lendemain, Séraphine arrive chez son employeur et voit sa toile posée sur une chaise.

Elle se met à rire.

– Monsieur a acheté ma toile ? Elle plaît à Monsieur ?

– Beaucoup, en avez-vous d'autres ?[1]

Oui, Séraphine en avait beaucoup d'autres, elle lui en montre une demi-douzaine choisie entre toutes celles qui emplissent son atelier.

Uhde est séduit.

Pour la première fois, quelqu'un comprend la peinture de Séraphine Louis-Maillard.

C'est le début d'une sorte de mécénat. Uhde aime cette peinture originale :

Une passion extraordinaire, une ferveur sacrée, une ardeur médiévale avaient pris corps dans ces natures mortes.

Il encourage Séraphine. Ses toiles ne sont

1. *Ibid.*

pas encore ce qu'elles deviendront par la suite, flamboyantes, magnifiques, mais Uhde sait voir leur composition, les couleurs, la force, le talent. Il suit le développement de l'artiste qui ne demande qu'à s'affirmer. Pendant deux ans, il va être un important stimulant pour elle. À chaque séjour à Senlis, il s'empresse d'aller voir les nouvelles peintures de Séraphine. Il a hâte de découvrir sa dernière production. Il n'est jamais déçu.

Séraphine n'est plus seule.

Lorsque Uhde montre les toiles de Séraphine à ses amis de Paris, ils sont aussi impressionnés que lui. À quoi bon apprendre à peindre si une femme aussi simple est capable d'œuvres aussi puissantes ?...

À Senlis, Uhde s'entend bien avec les habitants, même si on le trouve un peu bizarre, mais il faut l'être pour s'intéresser aux tableaux d'une servante inculte et les acheter ! Toutefois Wilhelm Uhde est un homme qui porte beau, il est intelligent, aristocrate. Ces valeurs comptent à Senlis. On finirait par le croire quand il dit que Séraphine a du génie.

Mais soudain, à l'approche de la guerre de 1914-1918, le regard des gens sur lui change.

C'est un Allemand, et Uhde se sent contrôlé, mis à l'index.

Il se rend de moins en moins souvent à Senlis. Lors de sa dernière visite, il tombe malade. Le médecin diagnostique une grippe, mais Uhde ne guérit pas. En réalité, il a la fièvre typhoïde.

Le 31 juillet 1914, quelques jours après l'assassinat de Jaurès, un ami vient lui dire de quitter la France au plus vite. Il part pour Wiesbaden, abandonne son appartement et surtout l'ensemble des tableaux qu'il a collectionnés avec amour et passion pendant ses années en France.

Impossible d'y revenir. En 1917 il publie un roman, *Les Amitiés de Fortunat,* puis il est mobilisé. Il part ensuite pour Weimar où il aura une activité sociale importante, prônant une vision pacifiste de l'Europe. Il voyage partout en Allemagne, donne des conférences, s'engage auprès de mouvements de jeunesse, écrit des articles, organise des réunions pour exprimer son rejet de tout nationalisme. Il lutte pour le pacifisme.

Nostalgique, Uhde se sent délaissé par les peintres, les galeristes, les marchands de Paris. Il souffre énormément d'être exilé de la capitale et du monde de l'art.

Pendant la guerre, le contenu de l'appartement de la place Lavarande est mis aux enchères et vendu en place publique. Uhde ne saura jamais qui a acheté sa première collection d'œuvres de Séraphine.

Depuis son absence, un ami paie le loyer, les impôts, les taxes, les assurances de l'appartement parisien[1], mais celui-ci est finalement loué à une vieille dame, et la collection elle aussi finit aux enchères, à Drouot, le 30 mai 1921. Les amateurs sont tous là et s'arrachent cette collection éclairée dont les éléments ne seront plus jamais réunis. Georges Braque est présent, il entre dans une telle colère qu'il se bat avec l'expert, et se retrouve au poste de police.

Uhde perd, entre autres, dix-sept toiles de Georges Braque, cinq de Raoul Dufy, une

1. *Mon appartement se trouvait sur l'île de la Cité, le respectable berceau de Paris, à côté de Notre-Dame, symbole impérissable de la ville ; près également de la Sainte-Chapelle, ce joyau doré qui par ses vitraux absorbait des flots de lumière dans ses délicates chapelles. Cet appartement jouxtait le marché aux fleurs d'un côté, la morgue de l'autre* (in *De Bismarck à Picasso*, p. 143).

de Juan Gris, deux de Marie Laurencin, une de Fernand Léger, treize de Pablo Picasso, cinq de Henri Rousseau[1]…

Il écrit à Kahnweiler :

J'ai maintenant le catalogue Uhde comme unique souvenir de ces belles années parisiennes. Je pourrai surmonter ma peine car l'enrichissement demeure[2].

La collection de Daniel-Henry Kahnweiler subit le même sort.

Uhde disparu, les Allemands envahissent Senlis, mettent le feu à la ville.

Séraphine continue de peindre.

Elle est presque seule dans sa rue, les habitants et ses employeurs sont partis, ils ont évacué Senlis menacé. À peine mille habitants sur sept mille sont restés, le maire est tué de deux balles dans la tête, des exécutions sommaires ont lieu. L'offensive de l'été 1914 est particulièrement tragique, un incendie violent, allumé par les

1. Mais aussi trois peintures de Nils de Dardel, deux d'Auguste Herbin, trois d'Alfred Kirstein, deux d'Erich Klossowski, trois de Jean Metzinger, une de Lucien Mignon, une de Jean Puy, une de Wolff, six toiles de peintres inconnus et des aquarelles et dessins de Braque, Picasso et Laurencin.

2. Cité par Pierre Assouline, *op. cit.*, p. 223.

Allemands, détruit une grande partie des rues de la République et de la Gare, des habitants sont abattus.

Séraphine n'a plus de travail. Mais elle continue à vivre sa vie, simplement, concentrée sur sa peinture, enfermée dans un silence pesant.

Sur ses toiles, des scènes patriotiques pavoisées de drapeaux remplacent les bouquets. L'une d'entre elles représente une grande bâtisse sans toit, des flammes sortent des fenêtres, au milieu, un drapeau bleu, blanc, rouge. Les allégories patriotiques remplacent les fruits, les légumes, les fleurs.

H. M. Gallot :

La couleur était médiocre, le dessin rudimentaire et sans aucune perspective. Elle garda longtemps dans son atelier une de ces toiles accrochées au mur. Elle la montrait avec attendrissement à ses visiteurs, en leur donnant force explications sur la violence de l'incendie. Le drapeau tricolore déployé apparaissait symboliquement au milieu des flammes[1].

À la fin de la guerre, les familles évacuées reviennent et retrouvent une Séraphine un peu plus étrange qu'avant. Intrigués, certains voisins

1. H. M. Gallot, *op. cit.*, p. 60.

se risquent jusqu'à son atelier… Ils en ressortent perplexes, amusés.

Sans l'aide de Uhde, Séraphine vit misérablement. Elle ne refuse jamais ce que les commerçants lui offrent, troquant ses tableaux contre de la nourriture ou des vêtements. Ce qu'elle gagne avec ses ménages paie le loyer et, bien sûr, le matériel pour la peinture. Elle offre sa production picturale au droguiste de la place de la Halle, Duval, qui est toujours là, avec son Ripolin, à l'épicier chez qui elle achète son vin, ce vin dont elle se targue qu'il donne beaucoup d'énergie, à la marchande des quatre-saisons pour sa soupe journalière, au cordonnier pour le cuir de ses sabots, à la crémière pour le lait, à la modiste parce qu'elle s'appelle Louis, à la poissonnière.

J.-P. Foucher :

Elle était devenue l'une de ces figures bien connues qui hantent les villes provinciales. Dans les maisons où elle travaillait, on avait bien de l'amitié pour elle. Elle ne se fâchait pas quand les ouvrières de Mme Duflos-Haute Couture complotaient des petites farces à son intention : l'une d'elles disparaissait de l'atelier (c'était Odette ou Madeleine), s'habillait en Sainte Vierge avec une ceinture bleue et un voile de tulle et «apparaissait» à Séraphine pour lui dire :

« Séraphine, ton fiancé revient cette semaine » ou bien : « Je suis la Sainte Vierge et je te dis Séraphine que tu seras un grand peintre ». Elle venait, elle regardait. Elle hochait la tête. Elle disait : « Petites sottes, vous n'y connaissez rien. Vous ne savez pas ce que c'est ! Ah, si vous pouviez savoir comme c'est beau, quand Elle vient[1] *! »*

Les années passent, Séraphine sert les autres pendant la journée, et la nuit, elle peint.

1. J.-P. Foucher, *op. cit.*, p. 28.

Peindre, jouir

> *L'art est par essence scandaleux, c'est par essence de l'énergie dépensée, de la sexualité jetée, c'est un luxe que tout le monde ne peut pas s'offrir... Lorsque l'on parle de peinture, on parle de quelque chose qui est forcément marginal, en écart par rapport à toutes les normalités possibles.*
>
> Marcelin PLEYNET, *Transculture*[1].

Accroupie, pliée en deux, comme prostrée sur l'immense châssis recouvert de toile de jute posé à même le sol, Séraphine s'empresse de disposer là une couleur. Une couleur pure, lumineuse, vive.

Seule sa main droite est en mouvement. Séraphine est la proie de pensées qui l'occupent sans cesse. Son regard s'absente par instants puis revient fixer la toile. La forme s'impose, le ton est juste. Il faut remplir le vide. Les pensées, les peurs deviennent couleurs. Penchée sur la toile,

1. P. 170.

Séraphine commence toujours par passer un fond de Ripolin, en épaisseur. Elle signe tout de suite, pas toujours au même endroit, quelquefois en bas à droite, mais aussi le long du bord de la toile. Une trace reconnaissable pour dire que si l'œuvre se suffit à elle-même, elle a un auteur et l'auteur une histoire. Elle n'installe pas un dessin préparatoire, c'est l'inspiration qui la commande et dirige sa main, elle commence directement, sans hésitation, au pinceau avec la couleur.

Seule, dans la forteresse de la pièce qui lui sert d'atelier, soutenue par la Vierge Marie avec qui elle tient de longues conversations, elle peint sans repos. Chez elle, tout est sombre, envahi de toiles. Elles sont accrochées, empilées, de toutes les dimensions. De vieux supports en carton servent de palettes, ils traînent par terre, alourdis et saturés par les couleurs séchées. Une odeur de térébenthine plane dans l'air, des pots de Ripolin vides s'entassent dans un coin.

Dans cet espace étouffant, aux murs gris, la peinture de l'artiste, avec son aspect duveteux comme de la fourrure, détonne. Ses matières douces, riches et fluides frappent par leur sensibilité rare et leur sensualité.

La voix éraillée de Séraphine psalmodie un

cantique, s'envolant plus loin qu'elle-même. Cette mélopée est une respiration, un souffle vers le céleste. Après avoir reçu la voix de cet Autre divin, elle la restitue dans le chant religieux. Pour se faire entendre de la Vierge ?

Ma mère qui êtes aux Cieux...

Séraphine est venue à la peinture en sortant du couvent. Comme on entre en religion, l'acte de peindre est-il pour Séraphine un moyen de suivre le chemin de l'illumination, de trouver l'extase mystique ?

Créer, ce n'est pas seulement reproduire. La dimension spirituelle est indispensable aux grands artistes.

M. Leblanc rapportait que pour exercer son art, Séraphine avait besoin d'air. Les fenêtres, la nuit, étaient souvent ouvertes. *Comme elle ne pouvait manier le pinceau sans chanter des cantiques, il venait aux oreilles des voisins de drôles de sons. Ce qui n'arrangeait rien c'est que ces chants étaient portés par une voix fausse, aiguë, pointue*[1].

La rue du Puits-Tiphaine est déserte, la nuit parsème l'air et les pavés d'une poudre de givre blanc comme du mica.

1. Entretien avec M. Leblanc, tapissier à Senlis.

La nuit convient mieux à Séraphine pour travailler. Les sollicitations extérieures se sont tues. Les folles qui la persécutent la journée sont couchées. Hier soir, une fois de plus, elle a entendu leurs sabots dans le froid de la cour de la brasserie Fruitier, juste en bas. Elles sont montées au premier étage, jusqu'à la porte verrouillée. Catherine, la servante du baron, en tête. Le bois de l'escalier a vibré, craqué. Sur le palier blafard, éclairé d'une pauvre ampoule, elles ont crié des injures, déversé le fiel de leurs mensonges, vomi leur venin. Séraphine a retenu sa respiration, entendu les pulsations de son cœur, elle a lutté contre la peur qui l'envahit. Elle a vérifié les cadenas qui barricadent la porte, ses doigts ont suivi les maillons de la chaîne un à un.

Elle a attendu.

Ce sont les femmes en noir, celles de la messe, celles qui vont à l'église et qui l'épient, même là-bas. Quand elles ont commencé à crier, Séraphine n'a pas répondu, pour ne pas les exciter. *Séraphine, tu te prends pour qui ? Tu n'es qu'une domestique, bonne à laver par terre ou à garder les vaches ! Qu'est-ce que tu crois ? Tu n'es qu'une servante, on va les brûler, tes tableaux ! On va t'inter-*

dire d'aller à la grand-messe. C'est pas pour les domestiques, ça, les bonnes à tout faire comme toi ! On va l'ouvrir, ta porte, tu verras ! Il faudra bien que tu comprennes, souillon !

Séraphine s'est agenouillée devant la statuette en plâtre de la Vierge. Elle a attendu que les pas disparaissent avec les paroles qui l'ont blessée.

Mais elle sait qu'elles vont revenir.

Elle reprend ses pinceaux, et les battements de son cœur se calment aussitôt. La lumière de la lampe Pigeon se cogne sur la toile, la nuit épaissit. Peu à peu, les couleurs trouvent leur place, les formes s'épanouissent. La Vierge est là, près d'elle. Elle n'a plus peur.

Séraphine traverse la nuit en peignant. Elle transforme le pire en couleur.

Au matin les traces de solitude et d'inquiétude, à peine dissipées par l'acte de peindre, reviennent la hanter tout au long du jour. La lumière est entrée dans la pièce, elle éclaire la toile.

C'est la couleur qui frappa au premier regard. Séraphine peint maintenant depuis vingt ans, elle a atteint la pleine maîtrise de son art.

Personne ne peut décider à la place du peintre. Séraphine le sent, Séraphine le sait. La peinture est une liberté rare. Séraphine n'a pas appris une technique, elle l'a inventée, comme un enfant qui commence à marcher invente la marche pour lui-même.

Elle n'a jamais visité de musée, jamais ouvert un livre d'art. Des tableaux sont bien accrochés sur les murs de ses employeurs, mais pas d'œuvres d'art à proprement parler. D'ailleurs, sait-elle vraiment ce qu'est une œuvre entière ?

La journée, elle travaille chez des gens qui lui sont indifférents, comme lui sont indifférents les *travaux noirs* dont ils la chargent. Seules existent ses pensées en couleurs. Le soir, sortie des contraintes, en l'absence de tout témoin, elle oublie tout et transforme en chef-d'œuvre son univers imaginaire. Loin des Catherine, Berthe, Louise, loin de leur bêtise et de leurs commérages, loin de leur méchanceté. Près de la Vierge et des anges.

La lumière de la lampe flatte les couleurs des fleurs, l'ange se repose.

Car, qu'on ne s'y trompe point, ce qu'elle peint n'est qu'en apparence un monde étroit de fleurs, de feuilles et de fruits. Ces fleurs, ces feuilles et ces fruits sont en vérité l'image de Dieu, l'âme de cette France royale, le symbole de la ville médiévale, le génie de sa cathédrale dont le tintement des cloches s'est, par miracle, mué en couleurs. Il ne s'agit pas ici de peinture rustique décorative, comme on peut en trouver partout, mais d'une des œuvres les plus puissantes et les plus fabuleuses de l'histoire, qu'on ne juge avec équité qu'en considérant dans la bergère d'Arsy la sœur cadette de la bergère de Domrémy, dans l'œuvre qui, à Senlis, s'élève majestueusement, une apothéose de vocation divine analogue à celle du sacre de Reims, dans cette fin d'un esprit qui sombre dans la démence, un événement correspondant à la mort sur le bûcher de Rouen[1].

Elle peint. Elle peint, incapable de ne pas peindre, quelques heures de sommeil, un peu de pain, et elle peint.

Pour vivre, Séraphine n'a besoin que de son désir de peindre, de ses couleurs. Elle peint à partir d'une solitude illuminée, dans un amour singulier.

Sans mesure.

Nécessité et découragement de peindre. Il faut recommencer à chaque toile, tenter d'élaborer quelque chose de soi, enfoui. Il faut montrer ce qui ne se montre pas, s'immerger dans la matière,

1. W. Uhde, *Cinq maîtres primitifs*, *op. cit.*, p. 131.

écouter sa musique intérieure, laisser venir le foisonnement des pigments. Dans l'espace cadré, limité, Séraphine, poussée par une force intérieure immense, inscrit sans le savoir des formes qui ont à voir avec la jouissance, la mort, la psychose. Peut-être que la toile la protège du gouffre.

Les tableaux sont des tentatives de réponses à des questionnements intimes. Elle essaie d'y rassembler des morceaux d'elle-même. Comment savoir dans quel état d'esprit Séraphine peint ? Pourquoi peint-elle cela ? Qu'est-ce qu'elle veut ? Qu'est-ce qu'elle cherche ?

Il y a un état physique particulier à l'acte de peindre. Il y a l'odeur de la peinture, le grain de la toile sous le pinceau, le corps tendu vers les formes, les couleurs. Un dialogue. Séraphine sait tout cela, instinctivement.

Curieuse sensation, curieuse excitation.

Curieuse solitude.

Avec ses toiles Séraphine se crée une double vie, une vie tissée de fleurs et de plumes. En peignant, elle aime aussi boire un petit vin qu'elle dit *naturel*, elle n'en abuse pas, mais elle aime. Le vin est couleur sang. Son père n'est-il pas mort de ne pas avoir *bu de vin du tout* ?

H. M. Gallot :

Elle aimait le «vin naturel». C'était sa propre expression. Quand elle pouvait en acheter, elle ne s'en privait pas, sans excès cependant, même dans les jours d'opulence. On peut être certain qu'elle n'était pas alcoolique[1].

Le monde que Séraphine peint sans relâche semblerait presque paisible. Pourtant, quand elle montre ses tableaux à ses amis, à ses voisins, elle se dit parfois effrayée de ce qu'elle a peint. C'est qu'elle transforme son chaos intérieur en art. Sur l'écran blanc, elle réécrit la réalité à sa guise. C'est elle qui décide toute seule.

Ses toiles sont préparées avec soin, elles portent des noms magnifiques, mais c'est Uhde et sa sœur qui, plus tard, donneront les titres qui restent : *L'Arbre du Paradis, Fleurs de Paradis, Fruits et fleurs, Petit arbre sur fond bleu, L'Arbre de vie, Grappes et fleurs roses, Bouquet, Le Grand Bouquet, Les Grandes marguerites, Le Cerisier derrière une barrière, Le Cerisier, Fleurs en grappe sur une pelouse, Fleurs rouges sur fond bleu, Grenades sur fond vert, L'Arbre foudroyé, Les Groseilliers, Gerbe de fleurs rouges sur fond bleu…*

Son âme s'éparpille sur la toile blanche, en

1. H. M. Gallot, *op. cit.*, p. 65.

fleurs lointaines, en pétales flamboyants. Elle n'a plus affaire qu'à Dieu, ses anges et la Vierge.

Pas de figure humaine sur les toiles. Aucun modèle humain à représenter, pas d'histoire particulière à raconter. Quels sont les véritables sujets des toiles de Séraphine ? Les fleurs, les feuilles, les arbres. Des fleurs qui s'apparentent à des plumes, des plumes qui font penser à des lyres, des roses, des dahlias, des boutons-d'or, des buissons ardents, des pommes, des cerises, des lilas. D'aspect duveteux, sensuel et chaud. Des matières souples, riches et limpides. De quoi est faite la sève qui irrigue la végétation de ces compositions imprévues ?

Les couleurs triomphantes, les formes surtravaillées, avec de plus en plus de finesse, se posent, se superposent. Il y a du tigré, du moucheté, du velu, du chevelu, du rayé, de l'écailleux, du cachemire, des pois, du bariolé, dans les tableaux de Séraphine. On dirait que ça ondule dans les nervures, que ça vibre dans la ramure, que ça grouille dans les fleurs, dans les arbres, les feuilles, les fruits. Des insectes, des oiseaux, des plumes, faisans, paons, pintades apparaissent, se bousculent. Séraphine fait vibrer les teintes, superpose les couches, les empâtements.

Elle se permet tout.

Et plus elle peint, plus ses tableaux deviennent grands. Cette femme âgée manie seule d'énormes toiles recouvertes de matières lourdes. Seuls les bords de la toile arrivent à limiter ses élans. Les formes éclatées, les taches éparpillées, les tons nuancés occupent toute la surface. Elle ne laisse que rarement apparaître des blancs ou des aplats. L'espace renvoie à la séparation, à la séparation primaire. D'ailleurs lui arrive-t-il de se détacher de sa toile ou reste-t-elle toujours en quelque sorte à l'intérieur ?

C'est un travail intense.

Physique et psychique.

C'est épuisant de regarder une toile de Séraphine. L'œil s'exalte, les points, les franges se parlent, se conjuguent, se mêlent. De la pointe du pinceau, elle éclabousse les formes déjà provocantes de tons orageux.

Les fleurs sont la nostalgie d'un rêve ancien qui vit toujours en elle. Elles sont nées dans une région éloignée de sa mémoire, une région habitée par des éclats de couleur invisibles à l'œil nu. Séraphine nous transmet l'invisible.

Ses œuvres ne parlent pas, elles donnent à voir.

Spectatrice de ses propres toiles, quand on l'interrogeait sur sa technique elle répondait :

Je sens bien que ma main n'y est pour rien, elle ne fait qu'obéir, elle suit ce qu'on me dicte de faire, je ne suis qu'un instrument.

Elle a sa manière, on le sait.

L'art de Séraphine n'est pas en tout point spontané ni contrôlé seulement par l'instinct. Ses toiles sont élaborées avec soin et même si elles sont plus expressives que savantes, dans le choix des couleurs, de la composition, des formes, de la matière, rien n'est si simple.

Nous ignorons tout de ses recettes, de ses mélanges, sa composition des couleurs, ses pâtes, ses pigments. Personne ne l'a jamais vue peindre. Sa palette relève d'une alchimie secrète. Si on l'interroge sur ses tableaux, elle répond :

J'aime les couleurs, la lumière. J'aime les arbres, les feuilles, les fruits, les fleurs et les oiseaux. J'aime surtout les plumages des faisans, des paons et des pintades[1].

Mais aujourd'hui ses peintures sont aussi fraîches que la veille. On dirait qu'elles ne sont pas encore sèches.

1. H.M. Gallot, *op. cit.*, p. 65.

Ce que nous savons, c'est que Séraphine ajoute à ses mélanges savants l'huile sainte qui brûle dans la chapelle consacrée à la Vierge Marie. Elle la dérobe discrètement lorsqu'elle est seule dans la cathédrale. L'huile est la contribution bienveillante du Saint-Esprit, elle exalte *l'invisible présence*. Elle est persuadée que cette huile, indispensable à tous les sacrements catholiques, donne de la force et de la spiritualité à sa peinture.

À partir de 1925, Séraphine ne travaille plus à ses *travaux noirs* que pour gagner le minimum vital. Sa passion de peindre n'a de cesse de grandir. C'est à cette époque qu'elle peint de somptueux bouquets aux fonds sombres, aux couleurs encore plus subtiles, aux compositions plus complexes. Parfois les habitants de Senlis ne la voient plus pendant plusieurs jours.

Depuis le départ de Uhde, depuis la guerre de 1914, Séraphine s'est écartée du monde, réfugiée dans cet ailleurs qui l'a construite. Son monde et l'autre se rencontrent, s'interpénètrent encore.

Pour l'instant.

L'exposition

Du regard, ça s'étale au pinceau sur la toile, pour vous faire mettre bas le vôtre devant l'œuvre du peintre.

Jacques LACAN, *Autres écrits.*

1er octobre 1927, c'est le jour limite pour déposer ses toiles à l'hôtel de ville de Senlis. L'*Exposition des Amis de l'art* ouvre dans une semaine, elle aura lieu du 8 au 16 octobre. L'événement mondain est annuel, il réunit les artistes amateurs et professionnels de la région. L'exposition se tient comme tous les ans dans la grande salle XVIIIe siècle de la mairie, aux fenêtres élégantes. Albert Guillaume, cette année, la préside, il habite à Fontaine-Chaalis, à côté de Senlis. C'est un peintre de renom, connu à Paris pour son talent, ses dessins, ses caricatures.

L'adjoint au maire, M. Demoinet, propose à Séraphine d'exposer ses toiles. Elle ne veut pas, l'idée l'affole, il insiste. Charles Hallo se joint à lui pour tenter de la convaincre.

Séraphine, mais pourquoi ne pas montrer ce que vous peignez avec acharnement depuis tant d'années ?

Elle rumine longtemps son hésitation, cette insistance aussi l'inquiète : et si c'était pour se moquer de son travail ? Et si on se riait d'elle ? Et si les femmes en noir en profitaient pour les brûler ? Cela ne va-t-il pas fâcher la Vierge ? Et puis a-t-on le droit d'exposer des tableaux divins dans une mairie ?

Charles Hallo a reconnu depuis longtemps chez Séraphine un talent incontestable et une grande originalité, il l'a déjà priée de participer à l'*Exposition des Amis de l'art* à différentes reprises, mais elle a toujours décliné l'offre.

Ah... pense-t-il. Si M. Uhde était là, il saurait la conseiller.

Où est-il ?

Il n'est jamais revenu à Senlis, n'a jamais cherché à la revoir. Est-il resté en Allemagne, comme certains le disent, a-t-il disparu pendant la guerre ? Séraphine l'aimait bien, il ne lui faisait pas peur comme les autres hommes, il aimait sa peinture, n'en riait pas. Uhde avait un vrai regard, aigu, admiratif, toujours étonné. Il restait longtemps à observer chaque petit détail, à toucher délicatement la matière. Puis il prenait du recul, contemplait l'œuvre de loin, et il se réjouissait. Il jubilait presque. Puis il retournait à la toile, la retournait pour voir si la composition tenait aussi à l'envers, reculait encore, jubilait toujours. Mais il n'est pas là pour lui dire ce qu'elle doit faire. Et c'est peut-être la dernière occasion. Séraphine est vieille.

Après des jours et des jours d'incertitude, elle apporte trois grandes toiles. À la gloire de Dieu. L'une représente un cerisier, une autre, un bouquet de lilas sur fond noir, et la troisième, deux ceps de vigne. Elles sont peintes avec une maîtrise absolue, dans des teintes belles et intenses.

Toute la population est sidérée, à commencer par les membres du comité. Dans la grande salle d'exposition, on ne voit qu'elles. Bien sûr, on avait parfois aperçu ici ou là ses petites natures mortes, chez les commerçants, chez des notables. Mais là, dans l'espace d'exposition, les toiles de Séraphine font l'effet d'une bombe. Trois toiles dans leur puissance primitive qui aplatissent les scènes champêtres fadasses, les portraits d'enfants, les chasses à courre, les aquarelles mièvres.

Le soir du vernissage, à l'hôtel de ville illuminé, le buste d'Henri IV est sublimé par une lumière digne de la célébrité qui s'annonce. Au sommet du bâtiment, une horloge de 1608, souvenir de l'ancien beffroi, marque les minutes de ce moment fort chez les mondains de Senlis. Les invités accèdent par un bel escalier à vis à la salle du conseil où se tient l'exposition.

Les femmes sont élégantes, elles portent leurs plus beaux bijoux, de la dentelle, des chapeaux à voilette, des plumes. Petits sacs brodés au bras, ongles laqués, parfums tenaces, poudre de riz, décolletés sages, elles ont l'air digne.

Les hommes affichent les mines austères de circonstance avec leurs costumes et cravates sombres. L'heure est à la culture, à l'art académique. Les invités se pressent gravement autour du buffet avant de faire le tour de l'exposition.

Saluons cette manifestation et réjouissons-nous que notre bonne ville de Senlis rende encore compte de ce que peut être la belle tradition française en matière de peinture, celle-là même qui a fait la grandeur de notre patrie et de son histoire.

Hochements de tête approbateurs devant le discours docte de l'employé de mairie. Séraphine est là, son nom est cité parmi les personnalités présentes.

Albert Guillaume mesure 1 mètre 94, il domine toute l'assemblée, sa barbe sent bon l'eau de

Cologne. Il observe, satisfait, le bon déroulement de l'exposition, devise avec les invités, gratifie les exposants et leurs familles de quelques mots encourageants. Devant l'éclat des tableaux de la femme de ménage, il se penche vers son voisin et lui dit :

La peinture de Séraphine Louis, ce n'est pas si mal que ça...[1]

Pour le vernissage, elle porte son châle noir des grandes occasions, ses bas noirs et ses chaussures vernies. Elle se tient droite, à la fois impressionnée et sûre de sa peinture. Elle n'a de toute façon pas le temps de penser, ni de réfléchir, tout est si nouveau, si peu habituel, et pourtant si conforme à ce dont elle a toujours rêvé.

Mais le plus écouté, le plus admiré de la manifestation est le baron de Maricourt, l'homme de la soirée. Sa culture et ses connaissances l'autorisent à être le maître de cérémonies du bon goût de Senlis. Ce soir, il peaufine les phrases qu'il écrira pour l'article du *Courrier de l'Oise* à paraître le lendemain. Il félicite les exposants, complimente chacun, sûr de lui.

Pas un mot à Séraphine.

1. J.-P. Foucher, *op. cit.*, p. 32.

Des personnes qui l'aiment viennent la féliciter, la pousser à continuer. Elle accepte les éloges avec naturel et simplicité.

Le lendemain, l'étonnement est grand à Senlis. La presse régionale ne dit pas un mot de ses toiles. Mais si Séraphine n'éblouit pas la bourgeoisie dite cultivée de sa ville, elle a ébloui les amateurs d'art éclairés. Elle enthousiasme littéralement la critique parisienne. Les journaux de Paris s'émerveillent devant les trois toiles, ils parlent de découverte magnifique, surprenante, comparent les toiles à l'art médiéval, perse et d'Extrême-Orient. Ils n'ont pas assez de mots pour transmettre le plaisir de leur découverte aux lecteurs. Les envolées lyriques pleuvent. Les comparaisons sont parfois insipides, mais elles font voyager Séraphine dans le temps et dans l'espace.

La presse est si unanime que le baron de Maricourt, irrité, se sent mis en accusation, il ne peut que tenter de se justifier :

Vous me dites que j'ai oublié la pièce originale de ce musée trop éphémère. Mais non ! Je pensais que vous la connaissiez déjà par mon ami Gillet et la presse parisienne. Mais oui, Séraphine est notre Douanier Rousseau ! Cette excellente personne a quitté le plumeau pour le pinceau. C'est une curieuse autodidacte. Elle n'a jamais pris de leçons et il ne convient pas qu'elle en prenne. C'est assurément un tempérament d'artiste dont l'attrayante naïveté rappelle l'art médiéval.

Comment ? Mais certes oui, il la faut encourager. Sa peinture est un document psychologique. Mais n'est-ce pas, ne négligeons pas pour cela l'art classique ni la vieille beauté française[1].

Les journalistes parisiens n'ont vu que le *Bouquet de lilas*, *Le Cerisier*, *Les Ceps de vigne*.

Pendant que les créateurs de « vieille beauté française » reprennent leurs œuvres, le « document psychologique » trouve acquéreur.

Séraphine est la seule à vendre ses tableaux.

C'est Uhde qui les achète.

1. *Le Courrier de l'Oise*, le 23 octobre 1927.

Retrouvée, reconnue

Il est clair que les fleurs servent à Séraphine à peindre ses tableaux et non ses tableaux à reproduire des fleurs.

André MALRAUX, *Les Voix du silence.*

Uhde est revenu en France.

Après dix ans d'Allemagne, la mort de sa mère et celle d'amis proches qui résonnent pour lui comme la perte de sa patrie, il est revenu en France. Le Berlin d'après guerre ne plaît pas à ce féru de peinture et de liberté, cependant il hésite. À Paris, il faudrait tout recommencer de zéro. Comment passer devant cet appartement où on lui a pris sa collection ? Comment retourner là où il avait si bien réussi sans argent ?

Il se décide pourtant et revient en France en mars 1924, accompagné de Helmut Kolle, un jeune peintre allemand, son amant.

Paris a changé, le monde de l'art aussi. De nombreuses galeries se sont ouvertes. Les peintres pauvres ou maudits d'avant guerre, Matisse,

Derain, Dufy, Friesz, Vlaminck, Utrillo, Chagall, Soutine et d'autres encore, sont soutenus et reconnus par les marchands des rues La Boétie et du Faubourg-Saint-Honoré…

Uhde pense qu'il n'y a plus rien à attendre de nouveau d'eux, et peu de peintres lui semblent dignes d'intérêt. Une exposition du Douanier Rousseau montre des tableaux de l'artiste qui lui ont presque tous appartenu. Il avait acheté l'un d'entre eux, une femme en robe rouge dans une forêt, pour quarante francs à une blanchisseuse.

Uhde demande le prix au marchand : *Vous pouvez l'acheter pour trois cent mille francs*[1]…

Il retrouve Picasso et Braque, organise une exposition Paul Klee et publie en 1928 un livre : *Picasso et la tradition française.*

Wilhelm Uhde continue inlassablement à parcourir les rues de Paris. Dans une échoppe de Montmartre, il découvre les toiles de Camille Bombois et de Louis Vivin. Il les achète. C'est le début d'une nouvelle collection : « Les primitifs modernes ».

Uhde ne retourne pas habiter à Senlis, la ville

1. W. Uhde, *De Bismarck à Picasso*, *op. cit.*, p. 225.

a été meurtrie, et il ne veut pas abîmer ses souvenirs. C'est à Chantilly qu'il s'installe avec sa sœur Anne-Marie et Helmut Kolle. Il a apporté les toiles qu'il préfère et dont il ne se sépare jamais. Il aime les promenades en forêt, les étangs, mais ce qu'il affectionne par-dessus tout c'est la proximité de Senlis, cette petite ville pour laquelle il éprouve toujours une grande tendresse.

Par hasard, en 1927, en lisant le journal local, il tombe sur l'annonce du salon de peinture régional à l'hôtel de ville de Senlis. Il se précipite. Pour rien au monde il ne voudrait manquer l'*Exposition des Amis de l'art.*

Je pénétrai dans la salle, dont les murs étaient recouverts de tableaux, d'aquarelles, de dessins de l'art provincial ordinaire. Et comme mon regard quêtait rapidement de l'un à l'autre, il découvrit soudain, dans un coin, trois grandes toiles d'une puissance saisissante : un bouquet de lilas dans un vase noir, un cerisier, deux ceps de vigne chargés, l'un de raisins noirs, l'autre de raisins blancs. Et, tandis que je contemplais ces toiles de Séraphine, je crus tout à coup entendre s'éveiller et carillonner dans le lointain les cloches depuis longtemps muettes, celles de Saint-Fraimbault, de Saint-Aignan et de

Sainte-Geneviève, celles de Saint-Hilaire, de Saint-Martin et de Saint-Étienne[1].

Il se rend tout de suite chez Séraphine, brave l'écriteau qui interdit l'escalier aux visiteurs :

Mademoiselle Séraphine ne reçoit pas.

Il frappe à la porte en s'annonçant pour qu'elle ne s'effraie pas.

Dans une pauvre chambrette, une petite flamme grêle monte d'une lampe Pigeon, vers la Mère de Dieu placée sur la cheminée devant laquelle se tient Séraphine, petite et fanée, regard fanatique dans une face blême qu'encadrent des mèches décolorées : «Monsieur est de retour ?» me dit-elle modestement. Elle ajoute : «Monsieur a acheté mes tableaux à l'hôtel de ville. Je ne vais plus en journée chez les autres. Je fais de la peinture, mais c'est terriblement difficile, je suis vieille et une débutante qui ne s'y connaît guère[2]*.»*

Émo, bouleversé, Uhde regarde la pièce et les toiles entassées qui lui plaisent autant que les trois tableaux qu'il vient d'acheter. Il y retrouve ce qu'il aime le plus au monde, un art qui vient du cœur.

1. W. Uhde, *Cinq maîtres primitifs*, *op. cit.*, p. 129.
2. W. Uhde, *Cinq maîtres primitifs*, *op. cit.*, p. 130.

Désormais, Séraphine n'aura plus besoin de faire des ménages pour survivre. Il décide de l'aider financièrement afin qu'elle puisse créer librement.

Lorsqu'il se rend à l'hôtel de ville pour payer et emporter les trois toiles, il devine la pitié et le sarcasme dans le regard des membres du comité.

L'un d'eux lui dit même :

Vous l'ignorez sans doute, monsieur, mais il est arrivé que de telles choses soient prises au sérieux à Paris et que leur prix monte très haut. On ne peut pas savoir[1] …

Grâce à Uhde, Séraphine est quitte avec ses *travaux noirs*. Dans sa vie, à présent, il n'y aura plus que de la couleur, et des fleurs, encore plus de fleurs. Uhde la prend en quelque sorte « sous contrat ». H. M. Gallot nous dit que Uhde s'est montré très généreux puisqu'il lui donnait mille cinq cents à deux mille francs par tableau. Il la fournit aussi en matériel. Il fait venir de Paris un camion plein de grandes toiles qui atteignent parfois deux mètres de haut. Il lui procure de multiples pigments. Les vernis qu'elle achète

1. W. Uhde, *De Bismarck à Picasso*, *op. cit.*, p. 243.

depuis qu'elle a de l'argent donnent à ses toiles un fini qui s'apparente aux glacis des peintres anciens.

L'ardeur pour la peinture s'intensifie. Ses voix intérieures exigent d'elle qu'elle fasse de plus en plus de toiles, des toiles de plus en plus grandes.

Elle s'organise à l'avance en préparant ses fonds. Lorsque ses visions surgissent, elle est toujours prête.

La Vierge la visite fréquemment :

Si vous saviez ce que c'est beau lorsqu'Elle vient[1], dit-elle.

De 1927 à 1930, Séraphine travaille sans relâche. Uhde l'informe des articles qui paraissent sur elle, à Paris, à Londres. Anne-Marie vient la voir une fois par semaine de Chantilly pour lui apporter de l'argent. Elle lui propose aussi du matériel, des tubes de peinture… Séraphine est outrée :

Croyez-vous que je vais peindre avec des tubes ![2]

On le sait, elle a sa manière…

Anne-Marie Uhde préfère venir souvent pour ne pas donner de trop grosses sommes à Séraphine

1. J.-P. Foucher, *op. cit.*, p. 28.
2. *Ibid.*, p. 53.

qui commence à acheter tout et n'importe quoi. Elle est capable de dépenser d'un seul coup tout son argent.

Parfois, il arrive qu'elle ne permette pas à Anne-Marie Uhde d'entrer. Lorsqu'elle est en état d'inspiration. Elle la reçoit alors quelques jours plus tard, sans problème. Celle qui cherche tant la lumière la fait entrer dans la petite chambre aux rideaux presque toujours tirés. Anne-Marie s'asseoit sur un modeste tabouret. À la lueur d'une bougie ou d'une lampe à pétrole, Séraphine lui présente ses dernières toiles.

Une fois, Anne-Marie veut la prendre en photo et comme Séraphine prend la pose, les yeux vers le plafond, elle lui dit :

Il faut que je lève mon front, mon inspiration vient d'en haut. [1]

Séraphine va parfois à Chantilly à pied, rendre visite à Uhde et à sa sœur. Elle parcourt les neuf kilomètres, un siège pliant sous le bras, un chapeau sur la tête. De temps en temps elle déplie son siège portable et se repose. Dans son cabas elle emporte toujours un morceau de lard, du fromage, du pain et son petit *vin naturel*. Quand,

1. *Ibid.*, p. 53.

une fois arrivée à destination, Mlle Uhde lui demande si elle n'a pas confiance dans sa cuisine, elle répond :

Moi je veux savoir ce que je mange. [1]

Si, chez Uhde, un de ses tableaux se trouve posé par terre, elle en est vivement contrariée. Elle craint que la vermine ne grimpe et n'abîme sa toile. Les tableaux de Louis Vivin ne la séduisent pas du tout. Elle demande alors à Uhde d'un air innocent :

C'est fait à la main, ça ? [2]

C'est chez lui qu'elle découvre aussi les toiles de Bombois, de Rousseau, de Bauchant. Uhde, plus tard, fera une exposition de tous ces peintres, à Paris, dans une belle galerie.

L'exposition s'appellera *Les Primitifs modernes.*

1. *Ibid.*, p. 52.

2. *Ibid.*, p. 52.

Des fleurs au délire

> [...] *le seul avantage qu'un psychanalyste ait le droit de prendre de sa position, lui fût-elle donc reconnue comme telle, c'est de rappeler avec Freud qu'en sa matière, l'artiste toujours le précède et qu'il n'a donc pas à faire le psychologue, là où l'artiste lui fraie la voie.*
>
> Jacques LACAN, *Autres écrits*[1].

Séraphine peint trois ou quatre toiles par semaine. Ce seront parmi les plus belles : *L'Arbre de Paradis, Les Fleurs du Paradis, Le Cerisier derrière une barrière, L'Arbre foudroyé.*

Dès la fin des années vingt, ses tableaux sont achetés par les collectionneurs d'art les plus renommés. Elle sait qu'on parle d'elle, que des articles paraissent un peu partout, à Paris, à Londres, en Allemagne, et jusqu'aux États-Unis en 1937.

Rien ne l'étonne, ni qu'elle soit célèbre jusqu'au

1. *Op. cit.*, p. 191.

bout du monde, ni la folle idée qu'une statue à son effigie puisse être érigée à Senlis.

Les Senlisiens ont du mal à croire à la célébrité de leur concitoyenne. On lui dit d'un air amusé :

Mademoiselle Séraphine, vous aurez un jour votre statue sur la place de Senlis avec un pinceau à la main et une lyre dans l'autre[1].

Séraphine n'en doute pas.

Elle, qui a toujours affirmé qu'elle serait célèbre, travaille pour la gloire, survoltée, jusqu'à l'épuisement. La lampe Pigeon reste allumée toutes les nuits dans l'atelier.

Plus tard elle écrira, à l'asile ce que lui dictait Dieu :

Tu gagneras largement plus d'argent que tu auras besoin… Tu seras surprise. Tu auras des amateurs que je t'enverrai que je leur inspirerai de venir. Il faut que tu penses aussi aux expositions, que tu travailles avec une grande application ce qui fera ta gloire et les moyens de ton rang.[2]

Séraphine est riche, elle achète tout ce qui lui tombe sous la main. Achats irrationnels, chers, sans qualité et, il faut bien le dire, d'un goût dou-

1. J.-P. Foucher, *op. cit.*, p. 42.
2. Le 10 septembre 1936.

teux... Chez elle s'entassent argenterie, tissus chatoyants, vaisselle coûteuse, vases, bassines de cuivre, lampes, paniers, cadres dorés, objets de toutes sortes, ensemble remisé dans la nouvelle pièce que Wilhelm Uhde loue pour elle à côté de son atelier.

Ces acquisitions sont destinées à décorer une future maison, digne d'elle, dont elle sera la propriétaire : plus imposante que toutes celles où elle travailla jadis, plus prestigieuse que celle de M. le baron de Maricourt. Elle y fera de grandioses soirées et invitera tous ses admirateurs.

Est-ce la célébrité qui la grise ?

La Vierge lui parle de plus en plus, les anges lui soufflent des conseils qui l'inquiètent. Mais elle obéit, fait exécuter un trousseau de mariée chez un commerçant de la place de la Halle. Pour épouser Cyrille ? Il a fini par oser la demander en mariage. Il est passé depuis quelque temps du statut d'officier à celui de riche amateur d'art. Elle lui parle souvent. Rien ne sera trop beau pour son fiancé, rien ne sera trop luxueux.

Alors qu'elle est embrasée par la célébrité, ses bizarreries s'accentuent. Fantasque, survoltée, excentrique, elle devient de plus en plus soupçonneuse, prévoit un départ imminent pour l'Espagne.

Chez elle, à sa porte, les verrous s'ajoutent aux cadenas et à la chaîne. Quand elle se rend chez les commerçants, elle les quitte subitement au milieu d'une conversation, ou demande soudain à ses interlocuteurs le silence pour mieux entendre les voix qui lui parlent. De plus en plus dans un autre monde, elle ne se préoccupe presque plus de ce qui se fait dans celui-ci.

Elle peint, ailleurs.

Séraphine se brise, s'exténue, ne mange plus, boit trop.

Bien qu'elle ignore superbement la réalité, le monde continue à tourner et avec lui l'ordre apparent des choses. C'est la fin des années folles, nous sommes en 1929 et Séraphine ignore tout de la catastrophe qui s'annonce et va bouleverser sa vie. Les répercussions de la crise aux États-Unis commencent à se faire sentir et Uhde éprouve de plus en plus de difficultés à organiser des expositions et à vendre des toiles. Ses ressources diminuent. Il est contraint de limiter ses dépenses et ne peut plus venir en aide à Séraphine. Il lui demande d'être plus économe, de ne plus acheter d'objets inutiles, de ne plus faire de dettes.

Mais Séraphine n'entend pas.

Elle est hors du temps, étrangère aux autres, perdue dans ses fantasmes de gloire mondiale et d'opulence.

Quand rien de tout cela ne se produisit, il apparut qu'il n'y avait en elle nul ressort de résistance, elle avait dépensé, généreusement prodigué, toute la substance de son âme dans une œuvre qui maintenant se dressait, détachée d'elle, dans sa splendeur. Il ne restait plus que l'esprit dépouillé et le corps usé d'une pauvre vieille femme qui avait été un génie, une sainte et une héroïne[1].

Quand la situation devient vraiment critique, que Uhde cesse une fois pour toutes de lui donner de l'argent, Séraphine prend peur.

Pourquoi son bienfaiteur ne la rassure-t-il pas, comme il a toujours su le faire ? A-t-elle cessé de lui plaire ? D'être aimée ? S'est-il laissé convaincre par les femmes en noir ?

Elle tente de persuader Uhde de proposer ses toiles dans de beaux cadres dorés avec des anges sculptés, mais c'est en vain. Uhde lui assure que cela ne sert à rien.

Elle se met à douter. De Uhde. De son art. De son avenir. De tout.

1. W. Uhde, *Cinq maîtres primitifs*, *op. cit.*, p. 139.

Rien dans ses toiles ne semble pourtant annoncer ce cataclysme. Ses toiles sont toujours éclatantes de couleurs, de fleurs et de beauté. Mais les Senlisiens voient bien que Séraphine va de moins en moins bien.

Vers quoi Séraphine marche-t-elle ?

Vers la gloire ? Vers la folie ?

Vers ce vide qui l'a toujours effrayée ?

Jusque-là, elle a navigué entre réalité et imaginaire, mais soudain, il semble qu'elle se défasse complètement de sa propre raison. Elle baisse les armes, creuse l'écart entre elle et les autres. Maintenant, lorsqu'elle arpente les rues, elle fait peur. Les enfants lui jettent des pierres.

L'inspiration au fil des mois la déserte. Où sont les fleurs ? Les arbres, les pommes ? Elle peint de moins en moins et la folie se profile comme une ombre, de plus en plus proche.

La rumeur qui envahit sa tête lui interdit d'être raisonnable comme les gens qui l'aiment voudraient qu'elle le soit. Seule l'angoisse l'habite. Inlassablement les démons la poursuivent, le temps n'a plus de temps, elle n'est plus là, elle est au-delà. La ville, les lieux sont les mêmes, mais les repères éclatent.

Nuit et jour elle attend. Et puis, comme s'il

s'agissait de fuir un danger de plus en plus présent en elle, Senlis devient soudain le lieu d'une déambulation tourmentée. Le bas de ses longues jupes noires devient gris de la poussière des rues. Ce n'est plus Séraphine, à l'humeur autrefois si aimable, mais une vieille dame, maigre et voûtée, assombrie par le poids des révélations. Elle ne mange plus, obsédée par l'idée qu'on veut l'empoisonner.

Dépouillez-vous de tous vos biens. Les méchants seront punis. Il faut que les bons entassent chez eux des boîtes de conserve vides pour les remplir de pétrole pour brûler les méchants le moment venu[1].

Ses voix intérieures, celles de sa sœur morte, de Dieu, de la Vierge et du bon ange, lui parlent d'enfer et de Paradis perdu, de tableaux bénis, de richesses. Elles lui ordonnent ses actes et les justifient. Séraphine leur répond avec véhémence, empêchant la nuit ses voisins de dormir. L'agitation monte avec les mots qui se dérobent et perdent leur sens. Les questionnements, les morceaux de mémoire enfouis reviennent en tempête.

L'archiprêtre est accusé d'avoir assassiné ses

1. H.M. Gallot, *op. cit.*, p. 62.

enfants naturels. Elle le dénonce par écrit aux gendarmes. Persécutée, elle dit qu'on en veut à son argent, qu'on lui jette des sorts. Dans une autre lettre, elle est agent de la police secrète ayant assisté il y a longtemps à des crimes affreux au couvent où elle vivait plus jeune, avec la complicité des prêtres.

Elle répète à qui veut l'entendre :

J'ai comme un mal intérieur qui me ronge le ventre ; il me faut du vin naturel pour calmer ce mal intérieur[1].

À quel moment l'originalité se transforme-t-elle en trouble psychiatrique ?

À quel moment le délire détruit la création, prend toute la place ?

Séraphine ne mange plus, ne dort plus. Dévastée, elle hante les rues, frappant aux portes pour annoncer la fin du monde. *Seuls les justes et les purs s'en sortiront*, dit-elle[2].

Dans un premier temps il y a eu une rupture entre la réalité et elle, elle est sous l'emprise de ses orages. Dans un deuxième temps, le délire vient comme une tentative pour reconstruire la

1. *Ibid.*, p. 63.

2. J.-P. Faucher, *op. cit.*, p. 54.

réalité conforme au désir de l'inconscient. Elle lutte contre cette réalité, pas comme elle est, mais comme elle entre en contact avec elle.

Un matin, la Sainte Vierge l'avertit d'une proche révolution et lui conseille de déménager tous ses objets devant la gendarmerie.

Elle s'exécute.

Le monde s'écroule, implose.

Jusqu'en 1925 le délire a évolué lentement, ensuite il s'enrichit pour exploser en 1931. À cette date, la toile ne sert plus à rien.

Nous sommes le samedi 31 janvier 1931. Ce soir-là les toiles ne font plus fonction d'écran, ne comblent plus le vide, les couleurs se déchirent. Séraphine ne peut plus mettre en fleurs le chaos.

Il est vingt heures. Elle brise tous les liens.

Dans Senlis, le vent glacial s'engouffre dans les rues. La lumière même est froide. Séraphine, encombrée de ses jupes et de son châle, à bout de souffle, transporte boîtes et toiles vers le cours Thoré-Montmorency. D'autres objets sont déjà là, par terre : des draps brodés, des écrins contenant des couverts en métal doré, des chaises, du mobilier léger, trois pliants, trois paillassons. Elle a déménagé tout ce qu'elle peut porter seule. L'appartement est presque vide, elle n'a laissé que les plus gros meubles. Épuisée, elle s'assoit au milieu du tas d'affaires disparates, tenant fermement contre sa poitrine la statuette de la Vierge. Ses yeux sont vides, cernés, ses joues creusées comme jamais. Dans sa tête les pensées éclatent telles des vagues d'angoisse et de désespoir. Tout bascule.

Soudain les arbres du cours, décharnés par l'hiver, lui hurlent de partir. La guerre est là, aux portes de la ville ! Où fuir ? Comment rejoindre l'Espagne pour retrouver le bel officier qui l'attend ?

La lune se lève lentement derrière les branches nues. Le vent anime leurs ombres. Séraphine a peur. Très peur. Elle lâche la statuette de la Vierge qui se fracasse sur la terre glacée de l'allée déserte. Elle s'effondre.

Le Courrier de l'Oise lui consacre un dernier article, intitulé : « Débilité mentale ».

Dimanche soir 31 janvier, les gendarmes déposaient au service des épaves du commissariat de police un certain nombre d'objets mobiliers (tableaux de peinture, draps, écrins contenant des couverts en métal, etc., etc.) qui avaient été déposés et trouvés sur la voie publique (cours Thoré-Montmorency) à Senlis. Il s'agissait d'une partie du mobilier de la Demoiselle

Séraphine Louis, 68 ans[1]*, se disant artiste-peintre et demeurant 1, rue du Puits-Tiphaine à Senlis. L'inspection de ces divers objets permit immédiatement d'en découvrir la provenance. Une enquête permit de constater que la personne en question, hantée par la phobie de l'empoisonnement, ne voulait plus prendre de nourriture, déménageait son mobilier de chez elle dans l'intention de partir à l'aventure. M. Rasmer, commissaire de police, la fit admettre d'urgence à l'hôpital de Senlis. Le Dr Bolot, médecin légiste, fut commis pour l'examiner. Cette figure senlisienne légendaire, atteinte de débilité mentale, sera sans doute dirigée sur un asile de vieillards où tous les soins qui lui seront nécessaires lui seront prodigués. Car cette malheureuse devenait incapable de se diriger et de se conduire elle-même, et de pourvoir à ses besoins vitaux les plus essentiels.*

Séraphine reste à l'hôpital de Senlis quelque temps. On essaie de la calmer, de la rassurer, de diminuer son anxiété, en vain.

Le 25 février 1932, elle quitte Senlis pour Clermont-de-l'Oise.

L'asile.

Elle y restera jusqu'à sa mort.

1. À ce moment-là, Séraphine a en réalité soixante-six ans.

Ce 25 février-là, le médecin qui signe le certificat d'admission écrit que Séraphine présente des troubles mentaux caractérisés par des idées délirantes systématisées de persécution. Il se réfère à ce que Séraphine déclare en entrant : on a voulu l'empoisonner plusieurs fois et elle a été obligée d'écrire à la gendarmerie pour dénoncer les personnes qui ont fait ces tentatives. Les sœurs de l'hôpital ont tenté de l'empoisonner avec de la mort-aux-rats. Dieu lui a fait voir qu'on avait empoisonné Mgr l'archiprêtre. Le médecin note aussi les hallucinations psycho-sensorielles, l'envoi répété de lettres calomnieuses, le tapage nocturne, le déménagement de ses objets mobiliers devant le mur de la gendarmerie.

Sur le certificat de vingt-quatre heures du 26 février 1932, il est écrit :

Est atteinte de psychose chronique avec idées de grandeur : elle est artiste peintre ; elle va partir en Espagne pour se marier avec un ancien capitaine – Idées de persécution : poison, mort-aux-rats, un notaire veut abuser d'elle – Hallucinations auditives : entend la voix de sa sœur décédée, la voix de Dieu et celle de la Vierge – Idées délirantes imaginatives avec appoint mythique – Hallucinations visuelles – État actuel d'euphorie – Délire évoluant depuis plusieurs années – Désordre des actes : lettres de dénonciation, tapage nocturne, scandale à la cathédrale. Goitre. Pâleur du teint – À admettre.

Le certificat de quinzaine du 15 mars 1932 confirme les deux premiers.

Du jour au lendemain, la rue du Puits-Tiphaine devient calme, trop calme. Vide. Séraphine a épuisé ses rêves. Le temps des fleurs est mort.

L'asile

En réalité on voudrait me forcer à faire de la sculpture ici, voyant qu'on n'y arrive pas on m'impose toutes sortes d'ennuis. Cela ne me décidera pas, au contraire.

Camille CLAUDEL, lettre de l'asile.

Je suis trop vieille... On ne travaille pas à l'art dans ces établissements, ça ne représente pas mon genre de profession ni mon genre de caractère...

Séraphine LOUIS-MAILLARD,
lettre de l'asile.

La lumière est douce, un souffle de printemps réanime la campagne autour de l'asile de Clermont. Dans la grande salle commune, Séraphine n'attend plus la venue de Cyrille, son gentil officier, celui qu'elle a créé dans ses rêves les plus beaux. Les jours passent, mornes et lourds. Ce sont des jours sans rien. Elle est calme et docile, semble résignée.

Elle reste longtemps sur un banc, si longtemps qu'elle ne sait plus rien du temps. Parle-t-elle à Dieu, à la Vierge, à son ange, à quiconque ? Comment savoir ?

Les rêves à l'asile ne sont plus ceux d'autrefois, mais des rêves de tristesse, de violence, de désespoir. La misère est partout. Matérielle et morale. Tant d'hommes et de femmes ont souffert ici, tant de pensées noires, de souffles coupés hantent encore ces murs.

Dans le monde où je suis, il n'y a ni dessus, ni dessous : il y a la vérité qui est terriblement cruelle. C'est tout[1], écrivait Antonin Artaud, reclus.

Entrer à l'asile, c'est se heurter à l'oubli, à l'attente, à l'absence, à l'ennui, à la solitude de ceux qui sont exclus de l'univers des autres.

Immobile, Séraphine ne regarde plus rien, ni personne.

Elle est là sans rien dire, elle ne voit même plus les murs. Enfermée dans un univers d'ombres et de cauchemars, elle attend la mort.

Les dortoirs de l'hôpital psychiatrique sont immenses, les portes grillagées. Le jour, ils sont fermés à double tour, interdits aux malades. La

1. A. Artaud, lettre de Ville-Évrard.

nuit, c'est la cour des Miracles. Les surveillants portent sur eux en permanence des trousseaux de clefs qui pèsent jusqu'à un kilo. Les toilettes, au milieu de la grande pièce, sont munies d'une porte à mi-hauteur pour que l'occupant reste toujours visible, les lits sont collés les uns aux autres, on a ajouté des matelas à même le sol.

Les lavabos sont collectifs, pas d'éponge, ni de linge de toilette. Et les folles qui crient, et la solitude extrême. Dans la salle commune, certaines malades vont et viennent dans un trajet cent fois repris. D'autres sont assises sur des bancs, le regard vide. Folie ordinaire, folie spectaculaire. Odeur pénétrante, tenace, puanteur des asiles.

Dans la salle à manger, les tables sont mises bout à bout, tout est scellé. Les repas sont avalés à la cuillère, les couteaux et les fourchettes sont interdits. Les chariots transportent toujours la même nourriture. Le soir, on ramasse les vêtements que l'on jette en vrac par crainte des évasions. Le matin ils sont distribués au hasard.

Les malades sont classés en fonction de leur pathologie. On trouve le quartier des mélancoliques, celui des suicidaires, des gâteux, des agités...

Il n'y a plus rien de commun entre l'asile de

ces années-là et l'hôpital psychiatrique d'aujourd'hui. Après la tourmente et l'horreur de la Seconde Guerre mondiale, le milieu asilaire, sérieusement critiqué de l'extérieur et de l'intérieur, va se transformer. Des hommes et des femmes ont voulu porter un autre regard sur l'asile, sur le malade, sur sa place dans la société, l'asile a changé, il s'est ouvert sur le monde. Mais à ce moment-là, Séraphine était déjà morte.

L'hôpital psychiatrique de Clermont a toujours accueilli ceux dont la société ne voulait plus. Il a d'abord été un couvent en 1480. À partir de 1731 le couvent a enfermé des prisonniers envoyés sur lettres de cachet, des insensés, des libertins, des endettés au jeu…

Le couvent a été vendu en 1798, comme bien national.

En 1830, le Dr Labitte agrandit l'établissement et accueille les indigents du département, plus ceux du département de Seine-et-Oise et de la Somme. Autorisé par le décret du 25 janvier 1851, affecté au traitement des maladies mentales pour les deux sexes, l'asile de Clermont reçoit des indigents et des pensionnaires. L'établissement est divisé en plusieurs quartiers correspondant aux différentes catégories d'aliénés. Les femmes et les hommes sont complètement séparés. Chaque division possède un vaste préau clôturé par des murailles assez élevées pour empêcher les évasions, sans nuire à la vue sur les coteaux. Toutes les cours, sauf celles des agités, sont plantées de fleurs et d'arbustes[1].

En 1887, après une gestion très controversée de la famille Labitte, le département de l'Oise devient le propriétaire de l'établissement[2].

Cette année-là, le domaine de «l'asile départemental de Clermont» compte 1391 malades pour 200 employés.

Pendant l'hospitalisation de Séraphine, la population des malades passe de 2802 à 4444 (période entre 1934 et 1940). L'asile est surpeuplé. Le personnel, généralement choisi pour sa robustesse physique, est le plus souvent illettré. Il vit en autarcie avec les malades.

Au fil des dix années d'hospitalisation de Séraphine, de juillet 1932 à décembre 1942, les notes qui mentionnent son comportement montrent que son état mental reste le même. Elle a toujours des idées délirantes : elle va contracter

1. Cf. Maryline Clin, *Les Cahiers de l'histoire*, n° 3.
2. Cf. E. Bellanger, *Les Cahiers de l'histoire*, n° 5.

un riche mariage, Dieu, les saints, le diable, la Vierge, les anges ont affaire avec elle. Un notaire veut abuser d'elle, un prêtre la désire, on veut l'empoisonner, lui prendre son argent, lui jeter des sorts, elle est agent de la police secrète, a assisté à des crimes affreux perpétrés au couvent en grand sabbat avec la complicité des prêtres. Le thème de la grossesse virginale revient constamment.

Plusieurs fois elle demande sa sortie, récrimine contre la nourriture, réclame à manger pour ses enfants, des petits jumeaux, porte plainte parce qu'ils meurent de faim, écrit à la police.

On a complimenté Mme Thorens... au sujet de l'hygiène et de la propreté... les dortoirs sont balayés tous les matins et les réfectoires lavés 3 fois par jour... nous avons le repos de l'hygiène de jours et de nuits...[1]

L'écrivain Jon Fosse fait dire à son personnage de peintre interné, Lars Hertervig, dans *Melancholia 1* :

Et quand le docteur Sandberg dit quelque chose, il faut obéir. Moi et tous les autres qui sont à l'asile de Gaustad, nous devons faire ce que dit le docteur

1. Le 8 octobre 1937.

Sandberg. Je ne dois pas peindre. J'écoute les mouettes. Et je déblaie la neige. Je dois guérir, à force de ne pas peindre et de déblayer la neige. À force de déblayer la neige je guérirai sûrement. Je suis tombé malade à force de peindre, car j'ai trop regardé les paysages au soleil. Et c'est ainsi que je suis tombé malade, je le sais bien[1].

À l'asile Séraphine a demandé de quoi écrire. Jamais de quoi peindre. Camille Claudel qui est née aussi en 1864 et qui va mourir une année après Séraphine ne voudra jamais sculpter à l'asile où elle restera trente ans.

Malgré la rareté du papier, l'écriture devient une nécessité pour Séraphine. Elle survit par l'écriture. Elle se souvient, dénonce, invente. Elle imprime ses souvenirs dans des phrases. Les mots sont tourmentés, ils occupent toute la place comme les fleurs occupaient autrefois la surface de la toile.

Mme Ortas-Perretti :

Contrastant avec ce besoin de combler tout ce qui peut l'être, dans ses pages d'écriture comme dans ses toiles, nous trouvons parfois, dans ses lettres, cinq ou six lignes occupées uniquement par des points bien

1. Éd. POL, 2003, p. 189.

alignés, puis la phrase continue plus bas (dans certaines toiles nous retrouvons cet alignement de taches punctiformes). Ce «remplissage» peut être interprété comme une conséquence de sa graphorrhée pathologique, comme un besoin incoercible d'écrire et de continuer à écrire, même quand il n'y a plus de place sur la feuille d'où parfois superposition de deux textes dans deux sens différents, au même endroit, sur une même page. Autre anomalie, certaines lettres pliées en deux contiennent le même texte répété deux fois sur chacune des moitiés de la feuille, avec les mêmes phrases, la même présentation et les mêmes alignements de pointillés[1].

Séraphine écrit ainsi des dizaines de lettres. Chaque fois la date indique qu'elle est lucide, que sa mémoire fonctionne. Les thèmes privilégiés se répètent inlassablement : grandeur, persécution et préjudices, grossesse. C'est la plume qui maintenant se fait l'instrument des blessures. Les jets de couleur, les flux de lumière sont devenus mots.

Ses lettres nous parlent d'elle dans une écriture aux caractères bien formés, bien calligraphiés, même si les fautes d'orthographe sont nombreuses. Des

1. *Op. cit.*, p. 28.

phrases bien construites font suite à des phrases sans verbe ou sans sujet, rapidement écrites.

Dans toutes les notes des infirmières Séraphine réclame sa sortie, dans toutes les notes elle a faim.

Wilhelm Uhde s'inquiète pour elle, il veut avoir des nouvelles. Les médecins le prient de ne pas venir la voir, ils craignent de nouvelles crises. Uhde obéit.

Le Dr H. M. Gallot écrit à Clermont pour se renseigner sur l'activité du peintre, car il rédige un article. Il voudrait savoir si Séraphine a gardé le goût des vastes compositions picturales ou si elle est revenue aux petites natures mortes de ses débuts…

Le maire de Senlis, M. Louat, demande au médecin-chef qu'on rende à Séraphine son matériel pour qu'elle s'adonne à sa distraction préférée : la peinture. Le 3 avril 1932 il écrit :

Une personne qui s'intéresse à Mlle Louis internée à Clermont m'a dit que le Dr P. demandait que cette malade reçoive ses chevalets, ses pinceaux et boîtes de couleurs pouvant lui permettre de peindre et ainsi de se livrer à son occupation favorite qui lui a valu d'ailleurs une certaine célébrité. Mais ces objets sont sous scellés et il faudrait demander à M. le procureur de la République à Senlis l'autorisation de les prendre et de les expédier à Clermont. Voulez-vous avoir la bonté de faire cette démarche auprès de M. le procureur de la République, c'est une bonne œuvre pour la malade qui ne peut porter préjudice à qui que ce soit…

Une même requête émane du service des femmes à Clermont. Mais Séraphine dira, et redira :

Je suis trop vieille… On ne travaille pas à l'art dans ces établissements, ça ne représente pas mon genre de profession ni mon genre de caractère…

Dix années d'hospitalisation pendant lesquelles elle ne peindra jamais.

… Et on a ici mes deux toiles qui sont bien avancées et que je les aies faites chez moi. M. Pelletin est venu me les apporter à finire. Ici, ce n'est pas un lieu où l'on travaille à l'art… Et puis tout me manque pour y travailler… Et l'alimentation dont je suis sans cesse victime, je n'ai pas l'aîsance…

Pourquoi il est venû me les apporter… au lieu de m'envoyés chez moi y travailler… Ce n'est pas un lieu comme ici. Il faut de la tranquillité, ici tout s'y oppose en tout… et toujours. C'est malheureux de voir le beau temps s'enfuirs et d'être toujours ici à s'ennuyer. Vaudraie mieux le chemin du cimet… que de voir ces maisons[1]*… »*

1. Extrait de la lettre du 1er octobre 1937.

Qui peut encore comprendre ce que veut Séraphine ?

Où sont les fleurs, les plumes, les arbres, les bouquets, les buissons ?

Elle écrit :

Le 10-04-38 à l'officiel gratis

La police de la gendarmerie de la Commûne le Bourg d'Arsy (Oise)

M. le Chef

Sa Distingué Personnalité

… Enfin bientôt sa finie : la Mort a fait son œuvre. Ils sont tous dans le même trou : mes chers regrettés : ils n'ont plus besoin d'argent. Mais de Prières de Messes.

Tous les legs que j'avais fixés ; à chacun cet argent sera dépensés pour des Messes cet à cet fins que je consâcre mes consolations et… viendra mon Tourde moûrrire. Je réclâme des messes le plus Prômptement Possible pour alléger être délivrée des expiâtions dans l'autre Vie où c'est bien triste à celui qui souffres sans espoirs de fin.

Monsieur le Chef

Avez-vous reçu l'argent de Lourdes qui m'est due la somme s'élève à 1 000. 200. 000 frs pour ma pard. Le bénéfice à 12 du mille ces monuments que j'avais mis à prix avec sûrenchères : j'ignore s'il y a eu sûrenchères à 10. 000. 000 frs comptant et qu'and les messes seronts pâyers à des Prêtres les plus nécessiteux dans les Campagnes à raison de 20 frs par messes basses avec ôffrandes et quêtes aux intentions des âmes qui souffres de ma famille d'un ancien château.

M. le Chef, j'aie écrit à Beauvais à ce M. le Chef de la Haûte Gendarmerie, au sujet de mon argent qui m'est due de Lourdes. Mrs quand vous serez tous payés ils vous resteras encore beaucoup d'argent et Messes. Pensez à ma petite église de mon pays Natale d'Arsy (Oise). Il faudra une grosse somme et encore affichée sur les troncs offrande pour aider à la restauration de l'Eglise et puis sa donneras de l'argent pour le Travail à ces Mrs les Ouvriers et à tous les corps d'état car tout est bien dans un piteux état. Voilà le beau temps on peut se mettre en œûvre. Je ne donne pas un sous à l'oeûvre de Clermont car… que je ne dois pas […]

Que les gens pieux et riches s'occûpes les Dames pieuses de s'entendre de faire restaurer les Eglises pauvres de l'Oise et que chacun s'occupe de son Département.

M. le Chef, agreez mes respectueux hommages.

S. Louis-Maillard sans rivâle

En 1938, un décret ministériel fait rayer l'expression « asile d'aliénés ».

Et la remplace par « hôpital psychiatrique ». La réalité est inchangée.

Le pavillon qui accueille les femmes malades s'appelle depuis 1931 le « pavillon Vian », nommé ainsi en souvenir d'Edmond Vian, un médecin qui avait travaillé de longues années à Clermont. C'est là que Séraphine est internée. En 1938, un rapport du Dr Hyvert mentionne que ce pavillon conçu pour hospitaliser 160 malades en contient le double. Trois cents malades dans une seule salle de jour… Séraphine se plaint de l'insuffisance de la nourriture pour ses deux petits par rapport à l'argent qu'elle donne pour la maison. Elle écrit et réécrit à la police.

Cette année-là, de nombreux employés de l'hôpital de Clermont sont rappelés sous les drapeaux. En septembre 1939, 404 agents sont mobilisés dont quatre médecins, un pharmacien, quatre internes, le receveur, l'économe. L'hôpital fait appel à des auxiliaires et déploie le personnel féminin dans les services d'hommes. Il n'y a plus que trois médecins et trois internes pour s'occuper de 4500 hospitalisés.

La guerre ne fait que dégrader une situation déjà pitoyable.

On creuse des tranchées dans les cours et les jardins des pavillons. Quelques pavillons sont abandonnés, les agents qui y travaillaient ont fui.

Le 7 juin 1940 l'hôpital compte 3750 internés et 608 agents, deux jours plus tard les bombardements et l'avance des troupes entraînent la fuite de 260 agents. L'encombrement des services est à son comble, les restrictions s'intensifient. Pourtant Séraphine est seule, comme elle l'a toujours été. Seule dans le bruit, la crasse, la puanteur. Elle ne se révolte pas, elle a mal, hébétée, absente à la peinture.

Plus de vivres, plus de charbon, plus d'essence.

Que devient Séraphine ? Qui s'intéresse encore à elle ?

Les malades dorment sur des paillasses malpropres de laine ou de varech, posées par terre, dans les couloirs et les vestibules, aucune hygiène[1]. L'odeur prend à la gorge, les W.-C. sont insuffisants, les parasites et les rats grouillent. Les locaux sont insalubres, sans lumière, sans air.

Le Dr Cellier, médecin-chef du service général des femmes en juin 1947, rapporte : *Beaucoup de malades couchaient entièrement nues, sans aucun drap, dans des couloirs glacés où l'eau tombait goutte à goutte de stalactites de glace qui s'étaient formées au plafond. J'ai vu des infirmières obligées d'ouvrir*

1. Cf. E. Bellanger, *Les Cahiers de l'histoire* n° 6.

leur parapluie dans des salles de malades. Presque toutes avaient des poux[1]...

En 1939, alors que Séraphine survit misérablement, Uhde est déchu de la nationalité allemande par les nazis. Ils l'accusent d'avoir associé sur la couverture de son livre les noms de Bismarck et de Picasso. C'est l'époque où une loi allemande autorise la confiscation, sans indemnité et au profit du Reich, d'œuvres « dégénérées » exposées dans les musées ou collections. De 1940 à 1944 Wilhelm et Anne-Marie Uhde sont recherchés par la Gestapo, ils se cachent dans le sud de la France. Jean Cassou va les accueillir et les protéger chez lui plusieurs mois. Pendant ce temps, la Gestapo pille son appartement à Paris.

À partir de 1940 Séraphine est calme, inactive mais toujours délirante. Elle se plaint d'avoir faim.

En janvier 1940 elle est victime d'un malaise. Puis elle a du mal à marcher, se plaint des jambes.

Fin décembre 1941 elle est alitée avec des œdèmes aux jambes, épuisée. Dans son sommeil elle fait du bruit, signale une infirmière.

1. Cité par Pierre Durand, *Le Train des fous...*, p. 48.

L'été 1942, elle arrache de l'herbe pour la manger la nuit. Inconsciente, elle mange des détritus. En octobre, elle se fracture le bras en tombant des W.-C. Elle est atteinte d'un cancer du sein.

Le 21 octobre elle veut se lever, s'écorche le nez et le front. Elle se plaint du sein. On lui donne du bromure, du chloral.

Le 11 décembre 1942, à vingt et une heures, Séraphine Louis s'éteint.

Elle a soixante-dix-huit ans.

Antonin Artaud est hospitalisé à Ville-Évrard du 27 février 1939 au 22 janvier 1943 pour « syndrome paranoïaque avec idée de persécution ».

En 1942, il écrit :

J'ai faim… [1]

Mots déconcertants, bouleversants mais qui résument la situation des malades mentaux pendant la Seconde Guerre mondiale.

Ces années qui vont de 1939 à 1945 sont des années plus que sombres pour les malades hospitalisés en psychiatrie. Au chaos de la maladie mentale s'ajoute le drame des restrictions alimen-

1. A. Roumieu, *Artaud et l'asile*.

taires. Le taux de mortalité des aliénés représente un chiffre énorme, les carences alimentaires sont très graves. Des dizaines de milliers de malades isolés dans les hôpitaux psychiatriques meurent de faim, de tuberculose et autres fléaux. Ils sont abandonnés de leur famille, n'ont plus de contact avec le monde extérieur, voient tous leurs appels échouer.

Dans ces établissements, pendant la guerre, 4 500 malades sont morts d'inanition, victimes de l'indifférence générale. Indifférence envers ces « gens de rien ».

Séraphine aurait souhaité être inhumée à Arsy, dans sa petite ville natale. Elle a toujours rêvé d'un enterrement de première classe, avec tentures noires et messieurs en brassard de deuil qui auraient réglé la cérémonie. On aurait joué de la musique, à la messe puis sur le parcours jusqu'au cimetière.

Ces messieurs de la musique et ma chère famille auront naturellement un casse-croûte à l'auberge[1].

Mais il n'y eut personne à son enterrement.

Uhde est persuadé que la vieille dame est

1. J.-P. Foucher, *op. cit.*, p. 46.

morte en 1934, huit ans avant la date réelle de sa mort.

Elle écrit en 1938 de l'asile, quatre ans avant son décès :

Pour être agréable à la Divine Mère il n'y aura pas de Pèlerinage sur ma tombe n'y canonisations… si je puis par ce moyen là lui être agréable, avoir la paix, c'est tout mon bonheur de l'existance de cette vie et en l'autre. La canonisation n'ajoute rien à la sainteté mais un honneur que l'on rend au vénéré.

Elle qui rêvait d'une belle pierre tombale sur laquelle on aurait écrit en lettres d'or : *Ici repose Séraphine Louis, sans rivale, en attendant sa Résurrection bienheureuse* a fini dans la fosse commune.

Il faudra attendre 2005 pour qu'un hommage lui soit rendu à Clermont-de-l'Oise[1].

1. La mairie de Clermont et la direction de l'hôpital ont rendu un hommage à Séraphine le 1er novembre 2005. Un arbre a été planté pour rappeler *L'Arbre de vie* peint par Séraphine. L'épitaphe de ses rêves est maintenant apposée au jardin du souvenir grâce à l'association des Amis du CHI. Cette association, créée par un collectif de passionnés de l'histoire de la psychiatrie à Clermont, œuvre pour défendre l'avenir de cette discipline et rappeler au souvenir de chacun l'évolution des prises en charge à travers le temps.

Quelques années après la mort de Séraphine, Uhde retrouve par hasard la dernière toile peinte par celle qu'il n'a jamais cessé de défendre. Le tableau était resté oublié dans un coin poussiéreux de l'atelier, avec tout un tas d'objets destinés à la maison qui aurait dû être la maison du bonheur. La toile est vendue aux enchères pour presque rien. Elle est l'ultime trace du génie pictural de Séraphine.

C'était un bouquet fait de couleurs tendres : des roses, des verts bleutés, sur un fond clair.

Le 14 novembre 1945, Wilhelm Uhde écrit à Jean Cassou, directeur du musée d'Art moderne, à qui il vient d'offrir une toile, *Nature morte aux cerises* :

Séraphine m'a confié qu'elle se trouvait très bien au ciel, n'ayant plus besoin de faire des ménages, même pas le sien. Ce sont les anges apprentis qui s'en occupent. Ainsi elle peut se donner toute la journée à la peinture. Mais comme il n'y a pas de fleurs au ciel, c'est la peinture abstraite qu'elle exerce maintenant.

Cette même année, Uhde organise à Paris, à la Galerie de France, une exposition exclusivement consacrée à Séraphine : *Séraphine Louis, dite Séraphine de Senlis.* L'État achète deux toiles pour le musée d'Art moderne de Paris, *Grenades sur fond vert* et *L'Arbre rouge*.

Cinq ans après Séraphine, Wilhelm Uhde meurt à Paris le 17 août 1947. Il a soixante-douze ans.

Il n'a jamais pu obtenir la nationalité française, mais c'est au cimetière Montparnasse qu'il est enterré, dans cette ville et ce quartier qu'il aimait.

POSTFACE

> *Par la grâce de sa simplicité d'âme elle n'a point posé de questions au monde et le monde ne lui en a pas posé non plus. Elle a secrètement communiqué avec les puissances primitives. Elle a peint et elle compte ainsi parmi «les immortels qui dépassent le cadre d'un mouvement ou d'une école». Elle a donné en sa saison les fruits de son mystère douloureux et glorieux. Séraphine de Senlis nous apporte sans cesse raison d'espérer, avec ses oracles et selon le désir passionné de Van Gogh, l'avènement d'un âge d'or de la peinture : «Il y a dans l'avenir un art et il doit être si jeune, si beau.»*
>
> J.-P. FOUCHER, *Séraphine de Senlis*[1].

C'est grâce à la couverture d'un livre intitulé *Dans cette nuit peuplée* que j'ai découvert Séraphine. Un livre écrit par un psychiatre, Lucien Bonnafé. La couverture est la reproduction d'une toile peinte par Séraphine Louis en 1927 : *L'Arbre rouge.*

1. *Op. cit.*, p. 64.

Lucien Bonnafé et Jean Demay en rédigent la présentation, leur texte est un acte de résistance à l'oubli des 40 000 victimes de carences dans les hôpitaux psychiatriques pendant l'Occupation. Lucien Bonnafé se sert de cet hommage à Séraphine pour dénoncer les règles de l'internement de l'époque, règles qui stipulaient qu'il fallait *guérir* pour *sortir*. C'est un hommage à cette *porteuse de troubles mentaux n'empêchant pas une existence paisible*, qu'un épisode de *décompensation* fit interner. Cela avant que l'on découvre que l'être en difficulté pouvait retrouver une vie tranquille après une phase critique en étant aidé hors des murs de l'asile. Bonnafé rend grâces à Séraphine de mettre au défi tous les pédantismes plus ou moins ségrégationnistes, avides de barrières entre art des fous et art de ceux qui ne sont pas fous, « brut » ou non[1].

C'est par la peinture que je la rencontre, mais c'est un psychiatre qui la présente.

Les documents qui ont servi à ce texte émanent principalement de l'article de 1957 du Dr Gallot, « Séraphine, bouquetière "sans rivale"

1. Cf. L. Bonnafé, *Le Miroir ensorcelé*, éd. Syllepse, Paris, 2002, p. 259.

des fleurs maudites de l'instinct »[1], et du livre de J.-P. Foucher paru en 1968, *Séraphine de Senlis*[2]. Le récit de H. M. Gallot est remarquable, car il a connu personnellement Séraphine. Il est psychiatre et écrivain, il trace la chronologie de la vie du peintre autodidacte. Le docteur Gallot a été présenté par son grand-père, alors adjoint au maire, à Séraphine en 1924.

La thèse de doctorat de médecine de Mme Ortas-Perretti[3], soutenue en 1965, a été utile et précieuse. Le directeur de la thèse était Jean Demay qui disposait du dossier médical de Séraphine. Les extraits de lettres et de certificats médicaux en sont tirés. La biographie d'Alain Vircondelet parue en 1986, *Séraphine de Senlis*[4], a permis de faire connaître Séraphine au grand public.

1. H. M. Gallot, « Séraphine, bouquetière "sans rivale" des fleurs maudites de l'instinct », dans *L'Information artistique*, mai 1957, n°40.

2. J.-P. Foucher, *Séraphine de Senlis*, éd. L'Œil du Temps, Hollande, 1968.

3. M.-A. Ortas-Perretti, *Séraphine, peintre aliénée,* Thèse pour le doctorat de médecine, Paris, février 1965.

4. A. Vircondelet, *Séraphine de Senlis,* Albin Michel, Paris, 1986.

Je me suis également servie des passionnantes et nombreuses rencontres faites à l'occasion de ma thèse de doctorat soutenue en 1984, *Un cas de peinture spontanée : Séraphine de Senlis, approche psychobiographique*[1].

Pour écrire cette thèse, j'avais eu le plaisir d'avoir plusieurs entretiens avec Anne-Marie Uhde, la sœur de Wilhelm Uhde, en 1980. Cette femme très âgée m'a reçue chaleureusement chez elle, à Paris, et a parlé avec émotion de Séraphine. J'ai le souvenir d'elle, entourée de toiles superbes provenant de la collection Uhde. Cette même année, j'avais rencontré longuement M. Leblanc, le tapissier de la rue Léon-Fautrat. Sa boutique s'appelait Senlis et ses secrets. Le père de M. Leblanc avait un atelier situé juste à côté du logis de Séraphine et il se rappelait bien le personnage qu'il voyait aller et venir lorsqu'il était petit garçon. Il connaissait parfaitement Senlis pour y avoir toujours vécu et il aimait en parler. Séraphine aussi il l'a bien connue, il l'a même dessinée, ce sont ses premiers dessins, il avait dix-sept ans. Une femme étrange… avait-il

1. Thèse pour le doctorat de 3e cycle de psychanalyse, sous la direction de J. Gagey, Paris VII, 1984.

soupiré. Il avait beaucoup d'affection pour elle, me disait-il, et de l'amertume, en pensant au sort qui lui avait été réservé de son vivant.

J'avais été aussi reçue par Mlle Hallo, la fille de l'illustrateur à qui Séraphine avait demandé conseil après l'ordre divin. Elle se souvenait bien de Séraphine. À l'époque, Mlle Hallo était encore une enfant étonnée par ce curieux personnage effacé et timide.

M. et Mme Duclos, M. et Mme Gazeau, dont les parents avaient employé Séraphine, m'avaient fait visiter leurs belles maisons anciennes dans lesquelles Séraphine avait travaillé.

Mlle Amanieux, alors conservatrice au musée de Senlis, le Dr Demay, le Dr Bonnafé m'ont eux aussi longuement parlé de Séraphine.

J'ai rencontré un très vieux monsieur charmant, M. Mary, dont les liens avec Séraphine semblaient un peu flous. Était-il son petit-neveu ? Un petit-fils de la sœur de Séraphine ? Il se rappelait que sa mère disait : Tante Séraphine. Plus intéressé par son potager que par ses rapports de parenté avec ce peintre étrange, il me disait que tout cela était bien loin, bien enfoui dans sa mémoire, qu'il ne se rappelait pas. Au moment où j'allais partir, il m'a rappelée pour me dire que, peut-être, il avait quelque chose qui pourrait m'intéresser. Il m'a emmenée dans son grenier sombre et m'a dit : *Et ces deux toiles, là, si elles vous plaisent, prenez-les !*

Deux magnifiques Séraphine… La lumière était entrée.

Je ne sais pas ce qu'elles sont devenues, mais je lui ai répondu qu'elles valaient beaucoup d'argent, qu'il devait en parler à son petit-fils. Je sais que j'ai bien fait, mais l'ombre d'un regret pointe à chaque fois que j'évoque cet épisode…

Tous ces personnages sont aujourd'hui disparus et je garde avec émotion leur souvenir. Les rencontrer, eux, qui ont connu Séraphine, était une façon de la faire vivre encore. Des années après cette thèse, le trouble n'est pas épuisé. Beaucoup d'éléments sont là sous mes yeux, et il y a encore énigme. Il faut reprendre et continuer le dialogue avec Séraphine, marcher dans les méandres des rues de Senlis sans lassitude pour tenter de comprendre l'autre réalité des toiles, comprendre leur expression belle et douloureuse. L'histoire de Séraphine Louis, décrétée par elle-même *sans rivale*, est exceptionnelle. Pourtant dès sa naissance, le destin de la petite fille semble tout tracé : une vie de femme simple, de domestique dans une ville conventionnelle.

L'envie est forte d'échapper aux lieux communs autour de la femme de ménage-peintre qui peint des fleurs… C'est ce que l'on dit habituellement d'elle. Un cœur simple.

L'époque au nom trouvé au pied d'un arbre, parmi les oiseaux hypnotisés, les petites fleurs bleues guettant le miracle d'une adoption à l'ombre d'un arbre, l'époque de cette adoption du nom trouvé a commencé quand j'ai lu celui de Séraphine sans savoir qui elle était. Nom et prénom sont la seule biographie que je connaissais d'elle après son labeur, sa vocation. Ce nom, ce prénom sont la traîne de génie de la mystérieuse qui peignait repliée dans son réduit après le lessivage, le repassage, l'encaustiquage, le bain des mains dans l'eau de vaisselle, qui est partie avec le secret de sa technique, écrit Violette Leduc à propos de l'« énigme Séraphine »[1].

Grand est le décalage entre sa misère et le prix atteint par ses toiles aujourd'hui, fort est le contraste entre les fleurs chatoyantes et sa fin poignante.

Parmi les centaines de toiles peintes par Séraphine, peu d'entre elles sont reconnues authen-

1. Violette Leduc, « Séraphine de Senlis ».

tiques. Séraphine aimait donner ses tableaux. Que sont-ils devenus ?

Aujourd'hui, les toiles de Séraphine sont exposées notamment au musée Maillol à Paris, aux musées d'Art naïf de Nice, de Béraut, de Vicq, au musée du Vieux Château de Laval, au musée d'Art et d'Archéologie de Senlis, elles font partie de la collection permanente. On peut y voir deux pots de crème peints, une photographie de Séraphine peignant vers 1925 et des toiles : *Fleurs dans un panier, Les Chardons, Grappes de Raisins, Les Cassis, Grenades sur fond vert, L'Arbre de vie, L'Arbre du Paradis, Grappes et feuilles roses, Les Grandes marguerites* et *Bouquet de fleurs.*

C'est un beau musée installé dans l'ancien palais épiscopal de la ville, dont la mention la plus ancienne remonte à 1120. De l'âge de bronze à nos jours, le musée déploie des objets d'art et des témoignages. Celle qui, de Séraphine Louis, devient *de Senlis* participe à l'histoire de la cité. Ses tableaux représentent la peinture française, entourés des œuvres de Paul Sérusier, Eugène Boudin, les naïfs de la collection de Wilhelm Uhde, Philippe de Champaigne, Thomas Couture…

À Senlis, la beauté de la peinture de Séraphine recouvre les quelques scandales qui l'ont singularisée. La femme peintre exerce une emprise sur l'esprit de la ville et son ombre arpente encore les rues.

Depuis la mort de Séraphine, de nombreuses expositions ont été organisées, dans des musées, dans les biennales. Un film sorti en octobre 2008, *Séraphine*, réalisé par Martin Provost, avec Yolande Moreau dans le rôle-titre, est consacré à sa vie et à son œuvre.

Avant celle inaugurée en octobre 2008 au musée Maillol, trois expositions lui ont été exclusivement consacrées. En 1945 *Séraphine Louis, dite Séraphine de Senlis*, organisée par Uhde, se tient à la Galerie de France, à Paris. En 1962 a lieu, à la galerie Birtschansky à Paris, *Séraphine de Senlis*. En 1972 s'ouvre une rétrospective de son œuvre à Senlis, à l'ancienne abbaye Saint-Vincent. Beaucoup d'autres manifestations artistiques présentent les toiles de Séraphine avec d'autres peintres.

Les articles qui paraissent au XXe siècle dans la presse à propos de ces différentes expositions montrent que critiques et journalistes sont troublés et peu habitués à ce style de peinture. Ils ne savent pas où ranger ce peintre original. Ils trouvent son cas particulier, parlent de vitraux, de chapiteaux, de volupté, d'étranges mystères, de rare sensualité, d'idéalisme, d'Inde, de fille simple et solitaire. Séraphine incite aux envolées lyriques.

Jean Cassou écrit :

[...] *Poète de la réalité rustique, Séraphine est aussi poète de la foisonnante réalité cosmique. Elle a vécu la vie la plus localisée et confinée qui soit, la vie essentiellement provinciale, mais cette toute petite vie est, comme par magie, animée d'une énergie qui l'égale à la vie universelle dans sa plus exubérante expansion. C'est là un grand et beau miracle*[1].

Violette Leduc s'enflamme :

Séraphine de Senlis nous a délivrés en 1900 des travaux de dame, des arts d'agrément, des anémones dans le vase gracile que peignent des amateurs qui vivent chez leurs parents et qu'ils ne peindront pas éternellement. Pourtant celle dont le métier à l'échelon le plus modeste était exclusivement féminin jusqu'à l'atavisme a peint des fleurs sans nom, sans famille, sans vase, sans jardin. Les fleurs de l'érotisme grandement inspiré, débridé, dépassé, grandement modulé, fredonné jusqu'au délire. Irradiations sexuelles, ses bleus, ses rouges, Séraphine de Senlis a marié le désir

1. Jean Cassou, présentation du *Catalogue de l'exposition «Séraphine de Senlis»*, 1972.

et le plaisir en fleur dans des bouquets irrésistiblement mystérieux[1].

Une question insistante : où classer l'œuvre de Séraphine ?

Art brut, art singulier, art primitif, art naïf, peintre du cœur sacré, art populaire, art marginal, art médiumnique, art irrégulier, *outsider* de l'art, autodidacte, art marginal, art psychopathologique, art spirite, art atypique, art hors norme, création franche, maître de la réalité, primitif du XXe siècle, peintre des sept dimanches…

Le plus souvent, à propos de Séraphine, les appellations « art naïf », ou « art brut » sont utilisées. Les naïfs sont immédiatement lisibles, ce qui n'est pas le cas des tableaux de Séraphine peu déchiffrables au premier regard. L'ambiguïté du terme « brut » est qu'il est habituellement associé, aux yeux du grand public, à l'idée de psychopathologie. Mais Jean Dubuffet écrit :

L'acte d'art, avec l'extrême tension qu'il implique, la haute fièvre qui l'accompagne, peut-il jamais être normal ? Enfin les « maladies » mentales sont extrêmement diverses – il y en a presque autant que de malades – et il paraît bien arbitraire de les mettre toutes dans le

1. Violette Leduc, « Séraphine de Senlis ».

précieux panier de la Maladie. Notre point de vue sur la question est que la fonction d'art est dans tous les cas la même et qu'il n'y a pas plus d'art des fous que d'art des dyspeptiques ou des malades du genou[1].

À propos de Séraphine, Vivin, Bombois et quelques autres, parce qu'ils ont un grand cœur, Uhde parle de *peintres du cœur sacré,* pour les opposer aux *peintres du dimanche.* Il élargit le groupe à Rousseau, Utrillo, Bauchant et emploie l'expression *primitifs modernes.* Il se réfère à l'émotion éprouvée à Florence devant Giotto ou Cimabue. Uhde dit ne pas aimer le terme de naïf, il le pense péjoratif. Suivant les critiques d'art, Séraphine est diversement cataloguée. Bernard Dorival utilise l'expression *instinct du cœur,* Maximilien Gauthier et Jean Cassou avancent la définition de *peintre de l'instinct.* Christian Delacampagne pense Séraphine plus proche d'Aloïse Corbaz que de Bombois. Il la voit plutôt pencher du côté de l'art brut que de l'art naïf, mais surtout, il reconnaît que, par son sens de la couleur, elle s'apparente à Chagall, à Masson, aux plus grands[2].

Aucune étiquette n'est satisfaisante. Séraphine

1. Jean Dubuffet, *L'Homme du commun à l'ouvrage*, p. 49.
2. Christian Delacampagne, *Outsiders…*, p. 39.

échappe à tout, à toutes les dénominations, à tous les courants.

Unique en son genre, son œuvre existe, elle a sa place dans l'histoire de l'art. Nous rencontrons à travers elle un art original, un art éloigné de ce que l'on appelle habituellement l'art culturel, ou l'art académique. Séraphine a emporté avec elle ses secrets de peintre. Lorsqu'un admirateur s'extasiait sur la belle matière de ses tableaux et lui demandait comment elle arrivait à un tel résultat, elle répondait :

J'ai ma manière…

Éloignée de tout académisme et des conventions, Séraphine n'apprend pas une technique, elle l'invente. Peindre est la façon qu'elle a trouvée pour exister. Poussée par cette force irrésistible, elle peut se passer de tout le reste. Le plus important est que Séraphine a réalisé son rêve de peinture.

Lorsque l'on regarde ses tableaux, on perçoit l'écho d'un univers insolite, d'une richesse luxuriante. Séraphine pose un regard pur de tout académisme sur la peinture.

Mais l'innocence du regard est-elle possible? *Il semble certain que pour penser l'art, ou quoi que ce soit, le mieux sera toujours de nous tourner vers lui avec la pureté même de celui qui chaque matin découvre un monde nouveau. Mais, surtout il est indubitable qu'il est infiniment plus important de sentir l'art, de le vivre, de le pratiquer que d'y penser*[1].

Séraphine ne s'est jamais véritablement préoccupée de ce qui se passait dans le domaine artistique qui lui était contemporain. Bien sûr, à son époque il existe les peintres connus comme Picasso, Braque, Matisse, mais il y aussi les autres.

Pendant que Séraphine fait des ménages le jour et peint la nuit, d'autres artistes, marginaux et autodidactes au regard du milieu artistique, construisent des œuvres fortes et singulières. Comme elle, ces peintres exercent des petits métiers. Alors que Séraphine quitte Arsy et part travailler comme domestique, puis entre au couvent, Henri Rousseau (1844-1910) le douanier peint ses premières toiles. Séraphine ne le rencontrera jamais, mais sans doute a-t-elle vu ses tableaux chez les Uhde. Adolf Wolflï (1864-1930) est valet de ferme et manœuvre, il va construire son œuvre dans les mêmes années.

Ferdinand Cheval (1836-1924) est facteur, il fait un rêve, il se voit bâtir un palais, un château ou des grottes. Des années après, en faisant sa

1. Antonin Tapiès, *L'Art contre l'esthétique,* p. 23.

tournée il repère des pierres qu'il trouve belles, elles ressemblent à celles du songe. Seul, sans aide, pendant trente-trois ans, il édifie son *Palais idéal*. Adolphe-Julien Fourré (1839-1910), l'abbé Fourré, lui, taille et sculpte des scènes et des personnages à même le rocher de Rothéneuf, pendant vingt ans. André Bauchant (1873-1958) est pépiniériste à Chateau-Renault. Il invente tout, les couleurs, les supports. Camille Bombois (1883-1970), lui aussi, occupe divers postes, valet de ferme, lutteur, ouvrier du tunnel du métro, gardien de nuit. Avec Rousseau, Vivin, Bauchant et Séraphine il fait partie des « cinq maîtres primitifs » de Uhde. Fleury-Joseph Crépin (1875-1948) est plombier-zingueur, musicien, guérisseur. Augustin Lesage (1876-1954) est mineur. En 1911, une voix lui dit : *Un jour tu seras peintre*... Même entrée dans l'art que Séraphine, par un ordre qui vient du ciel.

Gaston Chaissac (1910-1964) cumule les petits métiers, marmiton, commis chez un quincaillier, bourrelier, cordonnier. Lui aussi écrit beaucoup, il a une correspondance suivie avec André Lhote, Albert Gleizes, Jean Dubuffet, Raymond Queneau, Jean Paulhan, Jean Cassou, Henri Michaux. Mais il adresse également des lettres à des inconnus, à des gens dont il prend l'adresse dans l'annuaire.

La liste de ceux dont l'œuvre s'adresse à nous de manière différente serait longue. Comme Séraphine, ils nous émeuvent, nous touchent, réveillent des désirs de sortir des chemins tracés, donnent envie de chanter les louanges des modestes et des exclus. L'histoire de leur vie pose des questions qui nous concernent.

Comment le chaos qui mènera Séraphine à l'asile a-t-il participé à la beauté, à l'harmonie, à la force de ses tableaux ? De la couleur, de la lumière, pour faire écran à quoi ? Sur les tableaux, ça bouge, ça parle, ça respire.

Face à Séraphine, nous voici devant deux énigmes : l'une concerne la peinture, l'autre la folie. Mais où est la folie dans ses toiles ? Où sont les scandales à l'église, la pauvreté, la domesticité, la mégalomanie, la virginité ?

Des interrogations tourmentent : la peinture a-t-elle été thérapeutique pour Séraphine ? A-t-elle retardé un délire grave existant à l'état latent ou, au contraire, l'a-t-elle précipitée dans la psychose ?

Au moment où Séraphine produit sans relâche sa vie psychique se maintient. Dans un premier temps elle peint en dehors de toute reconnaissance, puis vient la reconnaissance par Uhde. Le collectionneur est absorbé par les couleurs des tableaux de sa femme de ménage. Du jour où elle gagne de l'argent, où elle sait qu'elle a du succès, elle devient de plus en plus étrange. Pour Séraphine qui a toujours imaginé qu'elle serait le plus grand peintre, rencontrer la consécration est insupportable. Ce jour-là la réalité s'est heurtée au délire, au délire qui soignait.

Un délire qui se construit est réparateur, le malade s'autoguérit, dans une certaine mesure, par le délire. Si les œuvres d'art sont des créations, c'est qu'elles ne sont pas de simples projections des conflits de l'artiste, mais l'esquisse de leur solution. Le jeu des couleurs que Séraphine met en place est la volonté de rassembler les morceaux de sa personne, elle rassemble les éléments de son malheur dans l'instant où elle peint. Lorsque la production artistique se tait, elle est envahie par la folie.

Sans doute la reconnaissance d'elle en tant que peintre a-t-elle amplifié un délire existant déjà. Néanmoins le soutient de Uhde a permis que Séraphine tienne. Elle est au mieux de sa vie psychique lorsqu'elle est dans une place – servante –, puis dans une autre – peintre reconnu par Uhde.

Il lui confirme son identité de peintre, son existence. Il a joué un très grand rôle. Lorsqu'il cesse de lui renvoyer une image de peintre réputé, lorsque ce qui faisait la vie de Séraphine s'arrête avec la crise économique, elle ne peut plus être femme de ménage, sa place n'est plus assurée dans un circuit social. Tout se défait.

Il ne s'agit pas, ici, de traduire, d'analyser, de commenter l'œuvre de Séraphine. Il ne s'agit pas non plus de plaquer une interprétation, ni de mettre des mots sur du sensible, mais de se laisser porter par la couleur, l'impulsion, les tensions.

La psychanalyse ne s'applique pas à l'art. Freud a conceptualisé la théorie psychanalytique à partir des symptômes, du rêve, des lapsus, des mots d'esprit, des oublis. Les productions artistiques sont différentes et ne peuvent pas être interprétées de la même façon.

Séraphine Louis nous trouble, pas seulement par sa peinture. Les questions qui se posent à son propos sont celles qui interrogent le génie, la folie, la création…

Qu'est-ce que cela nous fait, l'histoire de cette femme de talent, de folie, de solitude ?

L'intérêt ici, c'est qu'à travers un discours le lecteur soit conduit à regarder, à s'approcher des toiles de Séraphine. Il faut abandonner la description, l'interprétation, s'en délivrer et se laisser submerger par ce que l'on voit, ce que l'on ressent, céder au souffle qu'elles dégagent.

LECTURES

ASSOULINE, P., *L'Homme de l'art, D. H. Kahnweiler, 1884-1979,* éd. Balland, Paris, 1988.

BELLANGER, E., «L'hôpital psychiatrique et la mémoire des siens... », *Les Cahiers de l'histoire*, n° 4 et 5, Bulletin de l'association culturelle des Amis du Centre hospitalier interdépartemental de Clermont.

BIHALJI-MERIN, *Les Maîtres de l'art naïf,* éd. Delpire, Paris, 1963.

BOBIN, C., *Une bibliothèque de nuages*, éd. Lettres vives, Corse, 2006.

BONNAFÉ, L., *Dans cette nuit peuplée*, Éditions sociales, 1977.

BONNAFÉ, L., *Le Miroir ensorcelé,* éd. Syllepse, Paris, 2002.

BORDAS, D., LEGUILLANT, G., «Rencontre avec le monde psychiatrique» dans *Les CEMEA qu'est-ce que c'est?*, éd. Maspero, Paris, 1976.

BUELTZINGSLOEWEN, I. Von, *L'Hécatombe des fous. La famine dans les hôpitaux psychiatriques français sous l'Occupation*, Aubier, Paris, 2007.

CASSOU, J., *Panorama des arts plastiques contemporains*, éd. Gallimard, coll. «Le Point du jour», Paris, 1958.

Catalogue de l'exposition «Séraphine de Senlis», ancienne abbaye Saint-Vincent, Senlis, 1972.

Catalogue du musée d'Art et d'Archéologie de Senlis, «La réalité intérieure, Séraphine de Senlis et quelques peintres autodidactes», Association de la sauvegarde de Senlis, 1989.

Catalogue de la 5e biennale internationale de Laval, XVIIIe rendez-vous de septembre de Senlis 2005, «Primitifs modernes, les grands maîtres de l'art naïf après Rousseau», éd. Siloë, 2005.

CECCATTY, R. de, *Éloge de la bâtarde*, éd. Stock, Paris, 1994.

CLIN, M., «L'asile d'aliénés de Clermont vu par la commission des psychiatres belges en 1864», *Les Cahiers de l'histoire*, n° 3, Bulletin de l'association culturelle des Amis du Centre hospitalier interdépartemental de Clermont.

CLOAREC, F., *Un cas de peinture spontané : Séraphine de Senlis, approche psychobiographique*, Thèse pour le doctorat de 3e cycle de psychanalyse, sous la direction de J. Gagey, Paris VII, 1984.

CORPART, P., «L'art et la folie, la véritable vie de Séraphine de Senlis», dans *Vivre en Val-d'Oise*, n° 108, mars-avril 2008.

DANCHIN, L., *Art brut, l'instinct créateur*, éd. Gallimard, «Découvertes», Paris, 2006.

DANCHIN, L., *Outsider Art in Hypermodern Times : a French Approach*, préface du *Catalogue d'Insita 2007*, Bratislava, juin 2007.

DELACAMPAGNE, C., *Outsiders, fous, naïfs et voyants*

dans la peinture moderne (1880-1960), Paris, éd. Mengès, 1989.

DESANTI, D., *Sonia Delaunay, magique magicienne*, éd. Ramsay, Paris, 1988.

DEVROYE-STILZ, A., «Wilhelm Uhde : du romantisme à l'art abstrait, la passion de la qualité», *Inauguration de la salle Wilhelm Uhde, Rousseau, Séraphine, Beauchant, Vivin, Peyronnet*, Catalogue du musée international d'Art naïf Anatole Jakovsky, Nice, 1988.

DORIVAL, B., *Les Étapes de la peinture française contemporaine*, tome III, *Depuis le cubisme, 1911-1944*, éd. Gallimard, Paris, 1946.

DUBUFFET, J., *L'Homme du commun à l'ouvrage*, éd. Gallimard, coll. «Idées», Paris, 1973.

DURAND, P., *Le Train des fous, 1938-1945, Le génocide des malades mentaux en France*, éd. Messidor, Paris, 1988.

FONTAINE, J. et A., *Senlis*, éd. Zodiaque, Yonne, 1985.

FOSSE, J., *Melancholia 1*, éd. POL, Paris, 2003.

FOUCHER, J.-P., *Séraphine de Senlis*, éd. L'Œil du Temps, Hollande, 1968.

GALLOT, H. M., «Séraphine, bouquetière "sans rivale" des fleurs maudites de l'instinct», dans *L'Information artistique*, mai 1957, n° 40.

GALLOT, H. M., «Séraphine», texte pour la galerie d'art et de tradition populaire, 22, rue de l'Odéon, Paris.

GUELFI, J.-D., *Psychiatrie*, éd. PUF, Vendôme, 1987.

JAKOVSKY, A., *Les Peintres naïfs, souvenirs et documents*, Paris, 1959.

KÖRNER, H., WILKENS, M., *Paradisische Pflanzen. Les plantes du paradis. Séraphine Louis, 1864-1942.* Miteinem Werkverzeichnis. Avec un catalogue raisonné, Benteli Verlag, Bern/Zurich/Sulgen, 2008.

LACAN, J., *Autres écrits, Hommage fait à Marguerite Duras du ravissement de Lol V. Stein,* éd. du Seuil, Paris, 2001.

LAFONT, M., *L'Extermination douce : la mort de 40000 malades mentaux dans les hôpitaux psychiatriques en France sous le régime de Vichy,* éd. de l'Arefppi, Ligné, 1987.

LEDUC, V., «Séraphine de Senlis». Archives Simone de Beauvoir, appartenant à Sylvie Le Bon-de Beauvoir. Document communiqué par Carlo Jansiti. Nos remerciements à Claude Dehous, ayant-droit de Violette Leduc.

LEGUILLANT, L., «Incidences psychopathologiques de la condition de bonne à tout faire», dans *L'Information psychiatrique*, janvier 1963.

MALRAUX, A., *Les Voix du silence*, éd. Gallimard, Paris, 1951.

MARICOURT, A. de, *Le Mystère de la rue Saint-Yves-à-l'Argent,* Société d'histoire et d'archéologie de Senlis, Imprimeries réunies de Senlis, 1970.

MATHEY, F, *Six femmes peintres*, éd. du Chêne, Paris, 1950.

ORTAS-PERRETTI, M.-A., *Séraphine, peintre aliénée,* Thèse pour le doctorat de médecine, Paris, février 1965.

OURY, J., *Création et schizophrénie*, éd. Galilée, coll. «Débats», Mayenne, 1989.

PLEYNET, M., *Transculture,* coll. «10/18», Paris, 1979.

PRINZHORN, H., *Expressions de la folie,* éd. Gallimard, Paris, 1984.

ROUMIEU, A., *Artaud et l'asile 1, Au-delà des murs, la mémoire*, éd. Séguier, Paris, 1996.

STEIN, G., *Autobiographie d'Alice Toklas*, éd. Gallimard, coll. «L'Imaginaire», Paris, 1986.

TAPIÈS, A., *L'Art contre l'esthétique*, éd. Galilée, Alençon, 1978.

UHDE, W., *Picasso et la tradition française*, éd. des Quatre Chemins, Paris, 1928.

UHDE, W., *De Bismarck à Picasso*, éd. Du Linteau, Condé-sur-Noireau, 2002. Traduit de *Von Bismark bis Picasso*, Oprecht, Zurich, 1939.

UHDE, W., *Cinq maîtres primitifs (Rousseau, Vivin, Bombois, Beauchant, Séraphine)*, éd. P. Daudy, Paris, 1949.

VIERNY, D., *Le Monde merveilleux des naïfs*, imp. SIM, Paris, 1974.

VIRCONDELET, A., *Séraphine de Senlis*, Albin Michel, Paris, 1986.

VOLMAT, R., *L'Art psychopathologique*, PUF, 1956.

REMERCIEMENTS

Je remercie particulièrement Roberto Borghesi, Micheline Cloarec, Pierre Oudart et Martin Provost.

Merci aussi à Myriam Antaki, Danielle Arnoux, Armelle Barral, Emmanuel Bellanger, Jean-François Boutrou, Éliane Calvet, Aurélie Chêne, Bernadette Chevillon, Maryline Clin, Laurent Danchin, Didier Derœux, Olivier Douville, Anne Dussaud, Anne Esambert, Carlos Freire, Sophie Le Mignon et la bibliothèque de Ville-Évrard, Josée Manenti, Lise Maurer, Heloïsa Novaes, Bénédicte Ottinger, Marianne Petit, Carine Toly, Philippe Versapuech, Chantale Weizmann, la SERHEP à Ville-Évrard.

Et merci à Séraphine qui m'accompagne depuis tant d'années.

TABLE

Cet ouvrage
réalisé pour le compte des Éditions Phébus
a été mis en pages par In Folio,
reproduit et achevé d'imprimer
en mars 2009
dans les ateliers de Normandie Roto Impression s.a.s.
61250 Lonrai
N° d'imprimeur : 09-0906

Imprimé en France

Dépôt légal : octobre 2008
I.S.B.N. : 978-2-75-290364-8